U0079358

見鬼之

校園鬼話 2

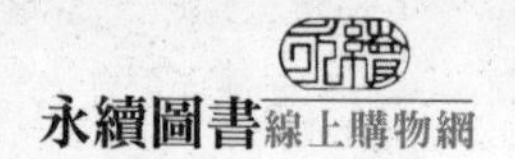

www.foreverbooks.com.tw

yungjiuh@ms45.hinet.net

鬼物語系列 17

見鬼之校園鬼話・2

作　　者　汎遇
出 版 者　讀品文化事業有限公司
執行編輯　張麗美
封面設計　姚恩涵
內文排版　王國卿

總 經 銷　永續圖書有限公司
TEL ／(02)86473663
FAX ／(02)86473660
劃撥帳號　18669219
地　　址　22103 新北市汐止區大同路三段 194 號 9 樓之 1
TEL ／(02)86473663
FAX ／(02)86473660
出 版 日　2017 年 7 月

法律顧問　方圓法律事務所　涂成樞律師
CVS 代理　美璟文化有限公司
TEL ／(02)27239968
FAX ／(02)27239668

國家圖書館出版品預行編目資料

見鬼之校園鬼話・2／汎遇著.
--初版. --新北市 ： 讀品文化, 民 106.07
面； 公分. --（鬼物語系列：17）
ISBN 978-986-453-054-0 (25K 平裝)

857.63　　106007554

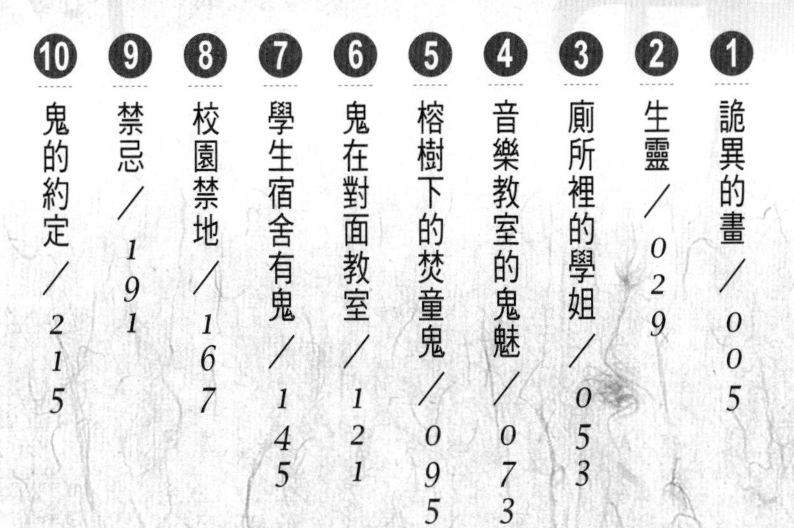

1 詭異的畫

得知考上台北X大時，李振謙雀躍了整整一個暑假。開學後，為了犒賞自己，他以新鮮人身分，故意漫步繞了校園一圈。但是，校園實在太大了，逛完這邊，如果再過大馬路繞向對面，勢必會耽誤午飯。所以，他準備下午再到大馬路對面去。

走到藝術學院時，他放緩腳步，仔細觀覽整座豪氣大千的學院，因為，他就讀的科系，就是其中之——美術系。

越過花圃，學院拱門上，閃著金色三個大字：美術系。「哇！好美！」李振謙不知覺脫口而出的稱讚著。是啊！這裡就是他引以為傲的教室。

他和哥哥李振源，血液裡流著跟父親一樣的藝術細胞，可惜的是，哥哥跟國立美術系擦身而過未能如願上榜，家人都很失望。現在他考上了，當然風光。

「嗯——呼——」忽傳來低低的，很像風的聲音。

因為太過於專注了，李振謙沒注意周遭環境，耳中聽到的風聲他也沒在意。不知站了多久，他依依不捨地邁開腳步，回身欲走。

就在他回過身之際，眼角掃到右前方花圃中，一株粗壯的槐樹下有一張石桌、兩隻石椅，一道背影落坐在石椅上，低著頭。

李振謙繼續走他的路，嘴角露出一絲笑紋，心想：「原來不是只有我犯了所謂『過度興奮症侯群』。」這病名，是他哥李振源看不慣他的得意狀，忌妒而虧他的。

走了幾步，李振謙忽升起不對勁的感覺。

現在只是初秋，天氣還算熱的，那個人……他卻穿著厚重的外套。

一思及此，李振謙轉頭望去，唉唷？沒人！

他停住，整個人轉向右邊尋覓。沒有，完全不見那道背影。

他不相信才短短幾秒間，那人不可能那麼迅速可以離開自己的視線。可是，花圃周遭、學院門口、石桌底、樹叢間，完完全全沒有那人背影！

「我看錯了？不！我不信我眼睛有問題。」

李振謙自語說著，他經過花圃，走到有點距離的槐樹下、石桌左近，再轉著頭，上下左右各方都看了一遍。真的，完全沒有半個人影。

這時，揚起一陣風，他不禁打了個寒顫，發現這槐樹下怎麼特別冷？這冷，似乎可以鑽入人的骨頭裡吶！

他下意識的伸手摸摸石桌又拍了拍，沉悶拍桌聲音讓他腦袋忽然清醒，輕搖一下頭，他淡笑對自己說：「果然是『過度興奮症侯群』在作怪？嘿，我真的很無聊！」

真的！學院那麼大，到處都有學生出沒，他這時才意識到自己管那麼多幹嘛？真的太無聊了！

他步伐很快，離開槐樹下，越過花圃……這時，他突然發現花圃範圍外，午後的

太陽竟然這麼熱……他沒再回頭，繼續往前走，當然，他也沒發現槐樹上，在茂密的樹葉間，有一對閃著暗綠光的眼睛，緊盯住他的背後！

開學的第一個月，教授都只傳授基本的課業，還比較輕鬆，李振謙跟著同學，四處採買課業所需工具。

秋天的天色，暗的早，明天沒有課，李振謙在教室多待了會兒。等他收拾課本，踏出教室時，天色已經微微暗灰了。跨出學院拱門就是花圃，他悠閒的走在磚道上，微醺的秋風掃過來讓人陶然欲醉。

「前面這位同學……」

後面有人出聲，李振謙側過頭看到一個人，站在有點距離的花圃邊邊望著他。他四下看看，好像只有他一個人。

「你叫我？」

那個人點頭，動作奇緩的向李振謙招手。

李振謙走向他，以為那個人應該會等他，沒到料那個人竟然轉身就走。

李振謙愣了愣，不過既然是喊他，還跟他招手，就……就該跟上去啊！

那個人越過花圃筆直往前，走到槐樹下背向這邊，落座在樹下的石椅。

李振謙沒注意到一點，一般人走路，都會上下，但那個人卻平直往前，有點像往前飄。

李振謙走近石桌旁，坐到另一張石椅上，把書放置到石桌上問：「同學，怎麼稱呼？」

對方猛地抬眼，射出暗綠光芒，一閃而沒。

李振謙沒有害怕感覺，只是心口驀地一跳而已。

「何世昌。」

「喔！何同學？我是……」

「李振謙。」

「喔！你知道我？」李振謙赧然笑笑。

剛開學，有許多同學並不很熟捻，沒想到何世昌居然認得自己，讓他很暗爽。

何世昌看看石桌上的書，面無表情，李振謙發現他沒有帶著課本，便問：「你還沒收到書本嗎？」

何世昌沒回話，只點頭，但他點的非常僵硬。

「要我借給你？」

何世昌搖頭，也是很僵硬。

「那，你找我是？」

「我要一套美術用具。」

李振謙點點頭，繼而想到，不對，他又不是系代，美術用具可以找系代團體購買。

何世昌似乎明白他所想的，說：「我那天沒到校。」

「啊，我知道了，所以，你沒有向系代登記。」

何世昌點頭。

「好，我替你跟系代說，請他多訂一套。」

「謝……」

忽然，遠出傳來一聲高喊：「李——振——謙。」

李振謙無端心口狂震，接著頭一暈，他連忙閉上眼。

「李——振——謙。」喊聲再次傳來。

李振謙張眼，轉望聲音發出方向，有個人在磚道上向他招手。一眼認出，是同系坐他隔壁的潘文宏。

「你在幹嘛？」說著，潘文宏踏進花圃走了過來。

「他……」

李振謙轉頭，指著另張石椅，但石椅上空空沒人。他開始四下張望，石桌下也不放過，但就是沒人。

潘文宏落眼看著石桌，雙肩一聳：「在這裡看書呀？很用功喔。找什麼？東西掉了嗎？」

「沒，」李振謙坐回石椅，抱起課本，有剛睡醒的感覺。

「唉唷，這裡怎麼那麼冷？」潘文宏抖抖肩膀：「你也太用功了，怎麼，想當美術系第一才子？」

「沒啦，就有一位同學忘了登記買美術用具，請我幫忙。」

「哪個同學？」潘文宏訝然問，轉頭看看周遭。

「剛剛坐這裡……」李振謙站起身：「走吧，回去了。」

「哪有，我剛才就只看到你一個人獨自坐在這裡。」

兩人一面說著，一面走出花圃，往校門外而去。

「我剛才就只看到你一個人獨自坐在這裡。」潘文宏的話，讓李振謙心裡有疙瘩。

因此，每次進、出教室，他都不自覺要投眼看一下花圃那邊的石桌。

系代——江志韋發美術用具時，竟然發給李振謙兩份。

李振謙訝然問道：「怎給我雙份？」

「你後來不是又追加一份？」

「嗯，哦，那是何世昌要的。」

「誰？」

「何世昌。」

江志韋皺一下眉心，又偏著頭，說：「既然是你幫他訂，就勞煩你帶給他吧。」

因為，江志韋不認識，也沒聽過這名字，他以為或許是別班、別系，或不同年級的學生。

李振謙感到奇怪，都要他代訂，為何不自己來領？

潘文宏聽到了，聳著肩膀，笑了笑：「好人幫到底。你就勉為其難，當面拿給他嘍。」

問題是，李振謙不知道該拿到哪裡給他。天天到校，怎麼就是沒遇過何世昌？

所以，這套美術用具就一直置放在李振謙個人的抽屜內。

一天，李振謙晚出教室，在踏出藝術學院拱門時不自覺雙眼瞄向花圃。這個，似乎已經成了他的習慣。

嘿！果然，一道背影落座在石椅上。

背影沒有線條，也相當模糊，就像用鉛筆畫得似有若無的樣子。

李振謙疾步走過去，同時揚聲道：「喂！何世昌！你的東西在我那兒。」

何世昌僵硬的微側著頭：「拜託你拿給我。」

李振謙聽了，立刻轉身小跑進學院教室，拿出美術用具又轉出來。

何世昌面前石桌上，放了個長約一尺半的圓筒，這種圓筒的用途，通常裝著捲起的畫作。

李振謙也把美術用具置放在石桌上，接著兩人閒聊了一會，何世昌說道：「這個送給你。」

「啊？這是什麼？」李振謙拿起圓筒，摸摸，感到它質料是上等貨：「看來很珍貴呢。」

何世昌沒有接話。

「不好意思，我又沒東西送給你。」

何世昌僵硬的甩一下頭，這時，刮來一陣秋風，槐樹上枯黃的葉片被刮掉幾片往下掉，石桌上也掉了幾片。

李振謙手伸向圓筒，很想打開它看看。

「回去再看。」

「喔。」

李振謙赫然的放開圓筒，抬眼看一眼天際，說：「啊！天色暗了哩。」

何世昌徐徐地，也抬頭看著……

「我得回去了。你呢？」

「你先走……」

「呃！那，我走了。」

說著，李振謙起身，一氣呵成的拿起圓筒、轉身就走。在他轉身時，飛快看一眼何世昌。

踏出花圃時，他才突然想起，剛剛似乎看到何世昌眼角，閃出一滴清白光芒。一面走，他心中也浮起怪異之感。

走了一大段，他回頭望向草埔……嚇！花圃的石椅空空的不見半條人影。他腳下頓住了一會兒，眨眨眼，宛如做夢般，腦袋有些迷糊。不，應該說，他剛剛一直是迷糊的，直到現在才似乎清醒了點。

但，他只感到有點納悶，其他的，沒什麼感覺。

潘文宏踏進教室，落座在李振謙旁邊椅子，開始拿出畫筆、顏料。

「耶，幫我打聽出來了沒？」李振謙問，一兔撥弄著畫筆。

「什麼？」

「你不是有朋友在美術系大三？我不是請你打聽一個叫何世昌的？」

「啊！對了，他說沒有，他系裡沒有這個人哩。」

「那可奇怪了。難道他在大二？還是大四？」

「喂，你也太多事了，不是我說你，幹嘛幫不認識的人買什麼美術用具，他自己就可以買了不是嗎？」

李振謙無語，並非他喜歡多事，是何世昌拜託他的啊！

一節課下來，潘文宏和李振謙收拾起用具，李振謙一直望住他，說：「你有事嗎？」

「幹嘛？」

「陪我走一趟……」

「想要我陪你去找何世昌？唉唷，我說那還真是麻煩找上身了。」

「拜託啦。」

「為何要我陪你？」

支支吾吾老半天，李振謙才說出，數次遇到何世昌，事後都讓他感到有些怪異。

接著，潘文宏問他：「哪幾次？」

他這才說清楚，在拱門外的花圃。潘文宏仔細想了想，他記得那一次，明明只看到李振謙，李振謙卻硬說有另一位同學也在座。

「你……會不會被什麼迷惑了？或是撞邪？」

李振謙用力搖頭：「不可能！我又沒害人，我這是在幫人呢，再說，何世昌還送我一幅卷軸，是他的作品。」

「真的假的？」

「明天帶過來給你看。」

「嗯，好呀。有作品就可以證明不是你撞邪，也不是被迷惑了，哈哈哈。」

「那，你今天呢？能陪我嗎？」

潘文宏低頭看一下手錶，說：「抱歉，我今天有約。這樣吧，明天我一整天都有空，你帶著畫軸，我們一塊去問，一定會有結果的。」

「好吧，那就明天見嘍。」

潘文宏迅速收拾完，道聲掰，先離開了。

李振謙慢慢收妥後，也踏出教室，走出拱門外，他不知不覺又轉眼看一眼花圃。秋意更濃，似乎連花圃、槐樹也更淒清。樹下的石桌、石椅空蕩蕩，讓人不禁倍感淒涼。

李振謙底心，升起一股哀戚——沒來由地，同時有一股視線直視著他，讓他敏感的四下掃視著眼光。

最後，他眼光徐徐往上，望進槐樹濃密的葉片間。

這感覺很詭異，看不到什麼，卻可以深深接受到那股……應該說是「電波」嗎？

收回視線，李振謙驀然驚訝的差點大叫出聲！

石桌上有東西，再一細看，還眼熟的很！

李振謙瞪大眼，因為不信，所以走向花圃——他想證實！

漸近石桌，真的是那一套美術用具！

李振謙伸出手，手指微微發顫，輕輕撫摸著它——是實體，不是幻象，那、那、何世昌呢？他在哪？為什麼沒有帶走美術用具？

李振謙心中浮起千萬個疑問，卻沒個答案！

「難道，他生病了？」李振謙喃喃自語著。

就在這時，一滴濕潤滴到李振謙的頭髮，應該是露水或是樹葉上水珠，他伸手一

摸頭髮，唉唷，黏稠稠的，他低頭一看，嚇！

不是水，它呈現楮墨色，同時，鼻息間聞到一股濃烈惡臭味，令人欲嘔！

李振謙抬頭，看到在濃密的槐樹葉片間，有一雙特大眼眶、眼瞳特細、佈滿紅色血絲的眼睛，緊緊瞪住他。緊接著，樹上往下伸出一隻骷髏手，手上佈滿腐肉、血污，血往下流淌著汁液。

次日，李振謙失約了。直到第三天的下午素描課，他才又現身在教室。

「抱歉，我感冒生病了。」

他臉色白慘慘跟潘文宏說，並跟他約定，下了課就一起去探查有關何世昌的事。感冒前的際遇，讓李振謙除了害怕，還浮出諸多懷疑。整節課，他都無法下筆，整張畫紙還是空白的。

好不容易捱到下課，李振謙拿出卷軸。打開畫作，入目之下，他大咦一聲。

「怎麼了？」潘文宏問著，旁邊有幾位同學也好奇的靠攏過來，看著畫作。

「這跟我昨天看到的不、不一樣？」李振謙忍不住大聲說，同時，他臉、唇轉成死白。

那是一張校園一角的畫作，馬上有同學認出來，說：「啊！這不是文學院拱門外的花園角落嗎？」

沒錯，就是大家上、下課常常要經過之處。上面的石桌、石椅，宛如真實般，就連槐樹樹葉也逼真得好像迎風搖曳著。

「不就是一張美術畫嘛？哪可能跟你看到不一樣？」潘文宏笑道：「呀！我知道了，你昨天感冒，眼睛花了。」

李振謙猛力搖著頭，雙眼因害怕而縮小眼瞳，他指著石椅：「昨天，我清楚看到他的後背，他低著頭坐在這張石椅上。」這情形，就像他第一次看到他。

笑容凝結在潘文宏臉上，他探詢的問：「真？假？現在背影不見了？」

李振謙猛點著頭，白慘慘的臉看著同學們，其中一位站得比較遠，只露著半邊臉的同學，出聲道：「你這張畫，哪來的？」

大夥一齊看著他，李振謙知道他，好像是大二，重修生。

「他送給我的！」李振謙脫口說。

「是……何世昌？不！不可能！」重修生睜大雙睛，擰著濃眉。

「你認識他？」李振謙立刻一迭連聲問：「他是哪班？哪個年級？拜託，我找他找的好累。」

重修生支支吾吾，李振謙連忙說出這幾天的際遇，還強調何世昌請他幫忙買了一組美術用具。

聽完，重修生臉色沉重的搖著頭……

「嘿！不然是怎樣？你說啊。」潘文宏忍不住，指著李振謙：「難道是他得了妄想症嗎？」

「應該說，是看錯人了吧？」重修生慢吞吞的說出他所知道的事件……

去年，他剛進校時，據說校內有位才華橫溢的大三美術系同學病故，他生前喜歡坐在校園那個角落石椅上沉思，病故後，常有人看到他的背影出現在那裡。

「我看過這張畫作，被保存在美術系大四教室內。題名是：沉思。」末了，重修生低聲說。

聽完，大家沉默了會兒，接著一個個閃人。

唯獨李振謙不相信。他遇到的，可是活生生的人，還有跟他說話哪！

李振謙伸手輕輕撫著畫作，摸不出，看不出這幅畫有什麼稀怪特異處。

潘文宏陪著他，問他：「你打算怎麼辦？」

「我不信，我……」可是用心回想，一團疑惑浮上李振謙的心頭。

有些人就是這種個性，明知事情很詭異，卻死鴨子嘴硬。

儘管李振謙不相信，但是那套美術用具，卻一直置放在石桌上沒人敢動它。

每次經過，李振謙總會遠遠的看它一眼，再低頭疾步走開。

短短幾天，李振謙瘦得不像話，精神渙散，上課無法專注。

潘文宏關心的問他，他總是顧左右而言其他。

一天下課晚了，潘文宏跟李振謙一起跨出教室，經過花圃，李振謙偷瞄。忽然，他拉住潘文宏袖口，靠近他低聲道：「看，看到沒？他……那道背影又坐在石椅上……」

潘文宏轉眼望去，深秋的槐樹下陰晦黯淡，加上淒清花圃……這時，颳來幾陣寒測測陰風，確實詭異。

石椅上是空的，潘文宏張嘴唇，正想回話，忽然……

本是空的石椅上面，凝聚一團輕霧，瞬間輕霧變得濃郁，緊接著現出一道背影，穿著厚外套……

幻變相當快速，不消幾秒間，潘文宏渾身神經似乎全都失去感覺，只能目瞪口呆的呆望著。

「看到了嗎？我沒有騙人。真的是何世昌……」李振謙低喃話聲，讓潘文宏整個

醒了過來，他額頭冒冷汗，喉嚨發乾，困難的吞嚥著口水。

就在這時，背影慢慢、慢慢地轉身，潘文宏知道必須趕快走。但是他雙腿像灌了鉛一樣，沉重得無法移動！

「我們……過去吧！」李振謙又說，聲音帶著迷離狀。

「不──」

「有什麼關係？都是同學啊，我想問他……」一面說著，李振謙一面拉著潘文宏袖子，就往花圃走。

潘文宏絕對不想過去，可是，李振謙的手似有很強的魔力，使他的雙腿往花圃移動。

潘文宏的心跟身軀，展開艱苦掙扎，同時，他眼睜睜看到石椅上的背影已經轉到四十五度，可以看到它的側臉了。

它沒有側臉，只有骷髏頭，倘若轉過正面，會怎樣呢？

潘文宏不敢想像，過度害怕的力量，終於衝破憋忍著的耐力，他用力甩開李振謙的手，突如其來的狂聲大喊：「不要拉我──」

聲音讓潘文宏頓然解禁，也衝破李振謙的迷離，兩人都現出一副愕然呆樣，李振謙兩眼還死魚樣的盯著石椅的方向。

緊接著，潘文宏反手拉住李振謙，揚聲大叫：「不要看──快跑！」

接著，兩人猶落荒而逃。事後，潘文宏說，他從沒有過這種掙扎，簡直就像是……生死交接的感覺！

當天回家，李振謙感到渾身熱烘烘的，他哥哥李振源叫他去看醫生，他覺得還好，所以用過晚餐，早早入睡。

睡到半夜，哥哥李振源忽然被聲音吵醒，他仔細分辨，聲音從弟弟房裡傳來的。

李振源輕輕走近弟弟房間，發現房門虛掩著，他探頭望去，恰巧看到一幕詭日景象。

李振謙床靠牆，他床尾牆壁上，有一團煙霧，煙霧擴散，逐漸飄飛向床邊，並漸漸形成一個人的背影。

忽然，李振謙狂聲驚呼：

「不、不要、不要——」

李振源望去，看到李振謙舉高手，用力揮動，再一細看，背向他的人，伸出手，由床上用力拉……拉扯間，李振謙還是繼續喊不要！不要！

這什麼狀況呀？

雖然搞不清楚，卻讓李振源整個人醒了過來，思緒也運作起來——今天傍晚，他

不記得有同學來找振謙，可是他房內為什麼多了個人影？

再轉念一想，不對，剛剛那個人影是從床尾牆上下來，而起先那是一團煙霧！

所以，不用再多想，它不是人！

家裡什麼時候出現鬼？想到這裡，李振源心口突然縮皺起來。

這時，李振謙的拒絕喊聲更高亢了。李振源攏聚著眉心，再次投眼望去，他看到人影從床邊拉出一團模糊不清的影子。

他仔細望去，嚇！被拉出的模糊影子，雖然無法看清楚，但他依稀可分辨出來，錯不了！那是他弟弟李振謙！

不知道呆愣多久，李振源眼睜睜看著兩團模糊影子拉拉扯扯著，一面飄飛上升，欲飄向床尾的牆壁上。

李振源腦中突如其來，接收到個信號，不是聲音，是一強烈聲波：

——救救我！誰來救我！哥、哥，快救我！

張著大口，李振源發不出聲音，他發現自己手腳顫抖著，看到之前的人影，側面一半已經沒入牆壁內，還拉住李振謙死不放。

在此危急地步，李振源明白不能再坐視了，他伸手打開牆邊燈的開關，並且衝進房內，同時高聲大喊：「振謙！振謙！」

燈光乍亮，模糊不清的兩道人影，乍然消失不見，而李振謙則平躺在床上。

他全身冰冷，冷汗浸濕透棉被，臉色白慘慘，喉結上、下咕嚕嚕的響……

李振源連忙把他搖醒，李振謙像憋了許久的氣般，猛然坐起來，大口、大口的吸著氣……

「啊！我差點、差點沒命了。」

「怎回事？」

李振謙駭異的望著床尾牆上，李振源跟著轉頭——

原來，牆上是一幅畫作，畫裡是一方花圃，一棵高大槐樹，樹底下是一張石桌、石椅，看起來是很普通的畫。

李振謙說，自從畫作掛上牆後，他幾乎天天做夢，朦朧的夢中，何世昌從畫裡飄出來，一直跟他說一個人很寂寞，希望李振謙永遠陪著他。

今晚的夢境更逼真，也更真實。李振謙的手被何世昌緊拉住，要他跟著進入畫中。那時，李振謙感到自己呼吸窘迫快沒氣息了。

李振謙喘著氣，又說：「我第一次看到的畫作上，有個背影坐在石桌邊，第二次，背影不見了。」

「啊？所以，不是我們家有鬼！是這幅畫在作怪！難怪，想想我們家也從沒發生

過什麼怪事。」李振源皺緊眉頭，望著牆上：「不過，看起來這只是一幅普通的畫作呀。」

「看似普通，但聽我同學說，畫作者好像已經往生了。怪的是，我還常在校園裡碰到它。它還送我這幅畫，算我倒楣嗎？之後我常精神渙散，最近還生病。」

直到現在，李振謙才不敢嘴硬，細述起之前的際遇。

聽完，李振源噤若寒蟬，過了好久，接口：「你還掛它幹嘛？不早把畫給處裡掉。」

「嗯，看來不能再拖下去了。」

李振源走到床尾，小心翼翼的拿下畫軸，捲起來再放入書桌上的圓筒，一面口氣急切地說道：「你要怎麼處裡？既然人都往生了，就把畫給燒了，或是丟到垃圾場去。」

「不行啦！萬一它生氣了又找上我，那我該怎辦？」

想想也對，李振源道：「不然哩？」

「我想，還是把它歸還原處比較妥當。先睡了，明天一大早，我去找同學幫忙。」

次日，李振謙向重修生、潘文宏說出他這幾日的狀況，拜託他兩位幫忙，一塊去學校教務處詳細問清楚。

等下了課後，李振謙等三個人一起把畫作送回原處——學校的儲藏室，校方人員相當訝異，在儲藏室的畫怎會落入李振謙手中？

當然，李振謙費了一番口舌，加上兩位同學的作證，才化解了這個疑團。

之後，李振謙的病，也不藥而癒。從此以後，同學們都不敢在晚上、晨起時分經過藝術學院，若非不得已，也只好繞遠路。

2

生靈

死者的靈魂，叫做死靈！活者的靈魂，叫做生靈。

死靈和生靈最大的異點，是生靈靈體比較深，周圍有一圈暗晦的冥光。

那麼，死靈會附在活者身上嗎？這時候，生靈該何去何從？

小六今天上課一整天。

台北××國小，學校最後棟的六年級教室，下午約四點多下課了，老師走出教室，不到三分鐘，後面有同學追上來，口吻非常緊張：「老師、老師，不好了！」

老師陳婉真回頭，是副班長李鳳音，陳婉真停下腳步看著她。

「老師！不好了！」李鳳音喘著氣，拍著胸脯說：「王月紅和劉玉枝生病了！」

聞言，陳婉真馬上往教室走，一面說：「生病？剛才不都好好的？」

兩人迅速走回教室，幾位學生團團圍成一圈，陳婉真撥開人群。

王月紅仰躺著，頭枕在後桌上，滿臉蒼白，嘴唇發黑，雙眼緊閉。

隔著走道的鄰座上，另一位劉玉枝伸長左臂，頭側枕著臂膀，臉色白慘慘，閉緊眼睛，張著大嘴，嘴唇發黑，嘴角流淌著白色泡沫。

陳婉真搖不醒兩個學生，又沒發燒、又看不出哪裡受傷。

她問學生們，兩人之前有跌倒、有撞到嗎？學生們一致搖頭。

副班長李鳳音說：「都沒有，老師下課走了後，她們兩人就突然倒下去了。」

就在這時，教室後面突傳來喧嘩聲，陳婉真正想喝叱安靜些，班長賴志開大聲喊著：「老師！快來，許晉利昏倒了！」

陳婉真回頭望去，看見一個男生昏倒在地上，她連忙趕過去抱起許晉利，要學生把桌子合併讓他平躺在桌上。

只見許晉利臉色青白，鼻息相當微弱，嘴唇呈紫色、腫脹著。

同樣的，也檢查不出原因，看不出哪裡受傷。

情急之下，陳婉真只能請學生幫忙，合力把三個學生送到醫護室。

醫護老師也檢查不出受傷處。後來劉玉枝先有了反應，又過了幾分鐘，王月紅也慢慢醒了。唯獨許晉利依舊昏迷不醒，可是又都看不出傷口。

事不宜拖下去，老師連忙打電話叫了救護車，及聯絡許晉利家人，不久，救護車趕來學校，把許晉利送到醫院去。

接著，陳婉真示意兩個女生先撥個手機，跟家人報平安，再細問到底怎麼回事。

劉玉枝、王月紅對望一眼，低下頭，眼眶泛紅支吾著老半天說不出話。

看的出來她們倆很害怕，臉色鐵青，嘴唇發黑，全身顫抖不停。

「不要怕，老師在這兒。」陳婉真不斷安撫，柔言勸慰，可是兩個女生還是無法說話。

最後，陳婉真只好親自送兩個女生回家。

下課時，陳婉真點名要劉玉枝、王月紅中午去找她。

吃過午飯，劉玉枝、王月紅雙雙踏入導師辦公室，陳婉真引兩人到另一間小辦公室，這裡只有她們三個人。

「老師希望妳們兩個把那天的情況，據實說出來。」

一聽這話，兩個女生臉驀地唰白，嘴唇微顫。

「不要怕。大家都不想生病，對不對？生病了，就要看醫生。」

兩個女生低著眼，咬著嘴唇，不發一語。

「已經三天了，許晉利還沒醒過來。許晉利的事，是不是跟妳們倆有關？」

兩個女生忽然睜大眼，對望著。

「老師希望妳們兩人可以把那天怎麼生病的事情說出來。」老師口吻低沉地接口：

「或許，妳們兩人可以救救許晉利。」

兩個女生，一個搖頭；一個點頭。

許婉真看著兩人，眼光裡都是鼓勵之意，加上柔婉語氣不斷勸說著，終於讓她們說出經過……

在那一天最後一節課時，劉玉枝偷偷伸手，招呼坐在隔鄰位置的王月紅。王月紅看一眼老師，老師沒注意到她們。

她轉望劉玉枝，眼裡是詢問眼神。「妳看，外面……」劉玉枝小聲說，桌子底下的小手，朝外面指了指。

王月紅轉頭望向窗外，一個穿著破爛、容貌猥鄙的中年怪叔叔，站在窗口，雙眼凸睜地巡望著教室內每個學生。

兩人以為是哪個同學的家長，可是怎麼穿的如此破舊，長相又這麼難看？

兩個女生不斷比劃著，在猜是哪個同學的家長。一面猜，一面偷偷竊笑，還轉眸看怪叔叔。就在這時，怪叔叔凸眼死死釘住她們。

兩個女生、四隻眼，就這樣對上了怪叔叔的凸眼。

怪叔叔周遭出現了火焰，燒到怪叔叔，整個人迅速變烏黑，最後看到他猥鄙臉上齜牙裂嘴、痛苦的扭曲著……

兩個女生驚恐不已，張著嘴想叫又發不出聲音。

下課鈴響，怪叔叔整個消失在空氣中，老師踏出教室，兩個女生驚魂未定，抖手收拾著書包。其他同學們，有的喧嘩、有的奔跑出去、有的交談，整間教室亂哄哄。

書包收拾罷，突如其來地，一位同學由教室外，筆直走向兩個女生。

兩個女生認得出，他是班上的許晉利，可是，許晉利看起來特別怪異，但哪裡怪又說不上來。

他對兩個女生生硬的說：「跟我來！有個叔叔要帶我們去好玩的地方。」

劉玉枝和王月紅立刻想起剛剛在教室外面，那個猥鄙的怪叔叔，心裡不願意，可是許晉利竟然不由分說，一手拉住一個就往外走。

這時，劉玉枝感到自己身體變的輕飄飄的。王月紅也點著頭，說那個時候她也是這樣。

三個人經過吵鬧的同學們，大家好像都沒看到他們，甚至有個男生，奔跑著向他們衝撞過來，劉玉枝那時很緊張，心想：「啊——要撞上了！」

然而，男同學竟穿過劉玉枝身軀繼續往後奔過去！

王月紅接著說出她的情形。

前半段，就跟劉玉枝說的一樣，當許晉利拉住她時，她的手突然感到像被火灼燒到一樣，很刺痛。

可是她的注意力，全在輕飄飄的身軀上，因為她從沒有過這種感覺，便低下頭，看著自己的身軀。她發現，呈現透明的身軀，竟沒受到阻礙的越過桌子，驚奇的是，她看到另一個自己仰躺著，頭枕在後面的桌子上！

她甩著手，想掙開許晉利的拉扯，同時她搖晃著頭，叫道：「放開我！我不要去！」

可是一點用都沒有，她身軀不由自主跟在許晉利後面，飄向教室門口。

搖著頭的同時，她眼角看到一個人緊跟在她身後，她轉眼望去……是許晉利！

只見許晉利神情呆滯，只有翻白的兩隻眼，瞪視著前方，也不知道他是否能看到前面的路？看到王月紅？

他身軀跟王月紅一樣是透明的，只有線條輪廓。

王月紅忽然想到，許晉利不是在前面兩手各拉著她和劉玉枝？怎麼這時候反倒在她的後面？想到此，她轉頭看著前面，看到拉住她兩個女生的，居然是只有半人高，彎縮著的黑漆漆影子！

接著，王月紅手中傳來燒熾痛楚，她低頭看到自己整隻手臂，都變黑了！

大驚之下，她向劉玉枝大聲喊著：「玉枝！玉枝！看看妳的手，不要跟它走！它

不是許晉利！」

劉玉枝恍似沒聽到，還是呆呆的、平直的往前飄。

「後來呢？妳倆去了哪裡？」陳婉真臉色凝重地問。

兩個女生一齊搖頭。

「再想想看。出了教室，然後呢？往哪去？」

「好像……看到圍牆。」

「什麼圍牆？」陳婉真逼著問。

劉玉枝則搖著頭，說：「我沒看到什麼。因為跟著許晉利出了教室，我眼睛變得很模糊，任何東西都看不清楚。」

「耶，就是這樣，我也很模糊，不能確定看到的是圍牆。」

靜止了好一會兒，陳婉真問劉玉枝：「那，妳知道，到底是誰拉著妳的手？」

劉玉枝還是搖頭。

「對了，老師，我回家當天，」王月紅說道：「晚上洗澡時，發現雙腿烏黑一片，用肥皂洗了幾次後才慢慢恢復了。我的手腕也瘀青呢。」她伸出手，讓陳婉真看。

劉玉枝就沒有這現象，陳婉真回想當天，劉玉枝先醒過來，王月紅則晚了幾分鐘才醒過來。

兩個人的狀況，居然不同？
陳婉真又問了些問題，例如她們之前曾到過哪裡玩？這幾天回去後曾有什麼狀況……結果，對許晉利完全沒有幫助。
上課鈴響了，陳婉真交代她們不要亂跑後才讓她們回教室。
到底是教室有問題？或是學校有問題？但以前從沒有過這種事啊！
就因為許晉利還陷入昏迷中，所以陳婉真才想搞清楚整件事，沉思了好一會兒，她覺得下課後應該去探望許晉利。

第五天中午，許婉真接到許媽媽的訊息，說許晉利已經醒過來。醫院方面檢查過，說許晉利一切正常，沒有什麼問題。還說，下個禮拜他就可以到學校上課了。
擔憂了一整個禮拜的事，到此總算告了個段落。
既然許晉利痊癒了，陳婉真覺得也沒有必要再追查學生們無故會昏倒的事件了。
於是，她欣喜的向學生報告這件喜訊。
假日過得特別快，很快就到了星期一，對於上週的怪事，大家似乎都忘記了，同學們開始正常上課。

唯獨王月紅，總會遠遠的盯望著許晉利。至於神經大條的劉玉枝，就沒有王月紅的細心。總之，大夥又恢復了往日平常的上課狀態。

今天上一整天的課，下課了，同學們大多走了，班長賴志開受到老師特別交代，務必等大家都回去了，才可以鎖上教室的門。

賴志開鎖上門返身往前走，忽然，教室盡頭，一道模糊人影轉入側面。

賴志開停頓一下，基於責任，他也走向教室盡頭，向左轉……那裡空空的沒人，但他方才明明看到有學生背影啊！

走到底，他又左轉。左邊是教室背面，右邊是圍牆，中間是三呎左右的空地，空地延伸的很長，圍牆外就不屬於學校區域了。

前面不遠處，有個蹲著的人影，賴志開揚聲問：「你是誰？哪一班的？」

人影沒反應，賴志開一面往前走，一面說：「老師交代過，下課不准留在教室附近，尤其是這裡！」人影依然一動也不動。

當賴志開跟人影相距五、六尺左右，他突然發現有些不對勁，便停住腳，仔細望著……這麼近的距離，應該可以看的清楚，但是那個人穿著校服，整個看來非常模糊，好像只有一團黑，但周圍有一圈暗晦、幽冷的光……

「你再不回去，我要報告老師喔！」

人影忽然站起身轉向賴志開，剎那間，賴志開訝異的瞪大眼。

是許晉利，不！不太像！他不是許晉利！

眼前的許晉利，周身有一圈冷幽幽光芒線條，身軀卻是透明，視線從它身軀望去，還可以看到教室的一半窗口，還有地上幾根野草……

「你、你……」賴志開額頭冒著冷汗，忘形的往後退，一不小心往後摔的坐在地上。

沒想到許晉利竟筆直飄過來，同時，它臉上露出猙獰表情向賴志開伸出手，卻始終沒有出聲。

「走、走、走開！不、不要過來！」賴志開驚恐的大喊。

許晉利兩手緩慢的比劃著各式動作，只是賴志開一點都看不出來它的意思。

它更用力的比畫，臉上露出憤怒、焦躁，因而一張透明又怪異的臉疵牙裂嘴，狀甚可怕。

賴志開更緊張也更害怕，他轉過頭，手腳顫抖跌跌撞撞的逃走。

他一路逃往導師辦公室，慌措的找到陳婉真，上氣不接下氣說了好幾次，才總算把話說清楚。

「不可能！我看到許晉利跟其他同學一起回去，哪會出現在這裡？」

說到一半，陳婉真起身跟賴志開一起返回教室。

結果，教室裡裡外外還有附近，都不見半個人。因此，陳婉真篤定的認為，是賴志開看錯了！

最近，同學們私底下悄悄的流傳著一個祕密……

第三節下課，許晉利低著頭，用很奇怪的腳步跨出教室。

緊接著，賴志開逐一望著副班長李鳳音、王月紅、劉玉枝，然後四個人悄悄跟出教室。

許晉利走到教室盡頭，左轉、又左轉……四個人不敢繼續左轉，躲在教室側面，偷眼望過去。

前面是教室背面，右邊是圍牆，中間是三呎左右的空地，也就是那天賴志開遇到可怕的許晉利之處。

許晉利走了一小段，突然發聲：「你很不安分哪！」

躲著的四個人心口「咚！」一聲嚇了一大跳，以為是在說他們四個，便一齊快速的縮回頭。

好一會兒，沒動靜了，四個人又伸出頭偷望……

嚇！有兩個許晉利！

一個是從教室走出去的，另一個渾身呈透明狀，周身有一圈冷幽幽光芒線條，視線可以透視它的身軀。

賴志開伸長手，焦急地想跟其他三人說，那天所看到的就是這個，但卻講不出話。乾澀的喉嚨，只能發出咕嚕聲響。

正在這時，兩個許晉利同時轉頭，望向四個人。

四個人渾然呆住了，兩個許晉利，以非常快的速度一起走向四個人所站的地方，李鳳音首先閃人，同時，大聲喊：「鬼！鬼啊！有鬼！」一面喊，一面往後奔竄。

接著，賴志開也拔腿狂奔，劉玉枝和王月紅過度驚嚇，兩腿似有千斤重，還互勾到對方的腳雙雙跌倒。

「鬼、鬼來了！」劉玉枝流下淚，顫聲道。

王月紅轉頭，看到後面空盪盪地，她臉色唰白，說：「沒、沒有……他、他不、不見了……」

這時，劉玉枝死命拉住王月紅臂膀，王月紅喊痛，轉回頭赫然看到地面上方有一雙鞋子！

兩個女生抬起頭，往上看！

是許晉利的鞋子。他正露出邪惡、詭譎的笑，眼露凶光的看著她們。

他旁邊另一個透明的許晉利，沒有腳，只有上半身，一樣漂浮在空中。表情憤懣、臉容猙獰的比手劃腳……不，它沒有腳。漂浮著的身影，不斷的晃動。

「許晉利，我們沒有害你……。」

聽到劉玉枝哽噎出聲，王月紅也顫抖的接話：「你、你為什麼……要這樣？」

「我怎樣？」許晉利道。

「你……為、為什麼會……變這樣？」王月紅壯起膽但臉頰顫抖說著。

「妳們害怕的是它？對不對？」

兩個女生沒接話，接著許晉利伸手，做勢一把推開透明的許晉利……

它是透明，怎碰的到它？兩個女生眼睜睜看到許晉利的手，穿透另個許晉利。緊接著，透明的許晉利忽然著火，它掙扎、扭動、好像還很痛，不斷跳躍著，火勢跟著它，一上、一下的衝高、伏低……

這情況，不消幾秒鐘，透明的許晉利逐漸消失在空氣中。而一股熏臭、燒焦的味道，濃濃的飄在周遭。

「不怕了吧？看！就這麼簡單。」許晉利好整以暇地雙手交叉在胸前，還一副得意洋洋。

王月紅和劉玉枝，四隻眼頓時睜得都快掉出眼眶了。她們死死盯住許晉利，許晉利循著她倆眼睛——轉望住自己雙手！

只見他雙手火炙過般得焦黑，還發出陣陣臭味。

許晉利臉色一變，立刻把手藏在自己身後，又裝出一副沒事樣子：「看啥？有啥好看？再看，我就放火燒死妳們！」

這時，上課鐘響，三個人似乎全都醒悟似，王月紅和劉玉枝徐徐起身，準備進教室。

許晉利突然叫道：「等一下！剛才的事情不准說出去。不然，我會放火燒死妳們，聽到沒？」

兩個女生雙雙點頭，不敢說話，一塊回教室。

劉玉枝隔天請假沒到學校，陳婉真打電話去她家，劉媽媽跟她說，玉枝在學校受到過度驚嚇，晚上睡覺時會胡言亂語，還大喊說：「不！不要燒我！」

於是，陳婉真向賴志開問話。賴志開囁嚅的說出前一天所遇之事。

陳婉真訝然問：「你是班長，怎麼最近都說些很奇怪的話？」

「老師，我說的是實話，因為那時候副班長、王月紅、劉玉枝也看到了。」

陳婉真隨即召來另三個學生，一問之下三個人都說一樣的話。

畢竟看到兩個許晉利令人匪夷所思，但哪可能四個學生都看到？

「老師，許晉利不准我們把這件事說出來。還一直跟我說，他要放火燒人。」

陳婉真皺起眉頭：「他真的這樣說？」

王月紅點頭：「劉玉枝也聽到了。」

恍惚間，陳婉真想起，之前王月紅曾說過，昏迷的那天她看到兩個許晉利。

接著，陳婉真讓三個女生回教室，請李鳳音叫許晉利來辦公室。

聽完李鳳音替老師傳話，許晉利邪睥著眼，詭異的看著王月紅，低聲說：「妳跟老師說我的壞話？」

王月紅猛搖頭，雙腮卻紅了。

「哼！我會問老師，如果是妳，我會放火燒了妳。」

不一會兒，許晉利站在陳婉真面前。問他話，他都一副嘻皮笑臉，態度、講話都很老成。這讓陳婉真很訝異，她記得以前許晉利不會這麼油條。

想了想，陳婉真試探問道：「記不記得，你上週昏迷了三天的事？」

許晉利吸鼻、裂嘴，一對黑瞳孔，往上轉了一圈，然後眼睛望著別處，不經意的搖頭。

陳婉真忽地拉住許晉利的手腕：「嗯？你的手受傷了？」

許晉利用力抽回手，無所謂的說：「沒啦！沒那麼嚴重。這具身軀很年輕，不會受傷啦！」

「你說什麼？」

嘴裡這樣說，但陳婉真發現自己雙手有奇怪的感覺，低頭看，她兩隻手好像握到燒得焦黑的黑炭，留著烏黑灰屑。

「你的手怎麼回事？給我，讓我看你的手。」

許晉利猛瞪大眼睛，眼瞳驀地縮小，聲音彷彿帶著魔力般，輕輕說：「老師，妳看錯了！」

「是嗎？」陳婉真似受到催眠，低頭盯住自己的手。咦？手上沒有黑灰屑。

「老師，我可以回去了吧？」

不等陳婉真有所表示，許晉利回頭就走。

當他走到門口，陳婉真好像回神似，叫道：「喂！許晉利，你過來。」

許晉利還是站在原地，轉回頭，雙眼一對黑瞳孔，又往上轉了一圈：「老師，妳說上課時間到了，要我回教室。」

「我這麼說嗎？過來，我還要問你一些話。」

許晉利慢吞吞地走到陳婉真面前，斜眼往上吊。

「告訴我，為什麼同學看到兩個許晉利？」

霎那間，許晉利整張臉變的像黑炭，但只有一秒間，他瞬即恢復原狀。

「老師，王月紅說的是嗎？她想害我，才故意跟老師亂說。」

話罷，許晉利很快步出教室，而陳婉真則神情恍惚的呆愣著……

接著有同學常看到，王月紅身子周遭，會突然出現火光，等同學大喊時，火光又消失了。

每次，王月紅不自覺要投眼看許晉利，許晉利依舊一副莞爾表情，然後，嘴角露出輕蔑詭笑。

根據學生們的供述，加上跟許晉利見面後的種種怪現象，陳婉真抽空上網去查資料。結果，她在網路搜尋，意外得到一個怪訊息──「生靈」。

她搞不懂，生靈是什麼？是鬼嗎？生靈與鬼有什麼關聯？還有，出現兩個許晉利是怎回事？之前沒有過這種事，他昏倒三天，醒過來後才開始發生怪事。

那三天，有什麼不對勁的地方嗎？

陳婉真認真的考慮再走一趟許家，想更深入了解。

老師最忌諱的就是怪力亂神之說，所以悄悄上網之事，當然不能說。不過私底下，她問過校內的資深人員，靠近後棟的六年級教室，曾發生過什麼嗎？

資深人員只是笑笑，輕描淡寫地搖頭。

陳婉真尚未查出任何端倪，一個驚天動地的消息，就傳入校內：

許晉利家發生火警，他和妹妹、爸、媽、爺爺，一家五口，全都葬身在火窟中。班上同學全都哭紅了眼。

警方請老師配合調查，因為之前陳婉真數度到許晉利家，所以，知道許家的一些狀況。

許晉利他家租住在昆明街一樓，做的是熱炒生意。

一天，陳婉真跟朋友約在西門町，回家時已經晚了。大約是九點多左右，她經過一棟大樓的騎樓，忽然她不自覺停下腳步，轉眼望向馬路對面發呆。

對面正是許晉利的住家！

雖然火災已經過了三個多月，但現場依然頹牆傾圮尚未清理好，一片烏漆抹黑看

起來荒廢而詭暗。

陳婉真忘形的憶起，許晉利生前在校的種種……

忽然，對面似乎有東西在動。陳婉真凝眼望去，好像一個小黑影，浮動在暗濛濛的屋內，黑影抬起手在圓圓的頭部，擦拭著。

天呀！是許晉利嗎？他在哭？

這樣想著，許婉真眼眶濕潤了。

肩膀突然被拍了一下，由於太專注了，陳婉真嚇得大聲喊出。

「啊！對不起，對不起！」

陳婉真望去，是一位中年媽媽，她不斷向她道歉，陳婉真猛吸口氣，搖頭，想跨步離開時，中年媽媽揚聲道：「妳……是對面火燒屋的親戚？」

頭搖了一半，陳婉真忽然頓住，反問道：「怎麼了嗎？」

「唉唷！妳應該多燒些紙錢給它們。咦？妳不住附近嗎？」

陳婉真搖頭。

「難怪妳不知道……」說著，她拉著陳婉真，避入另一邊大樓的側面。

中年媽媽自稱姓黃，就是住在火燒屋正對面的這棟大樓。

黃媽媽說，據警方調查，對面老屋子好像是有人縱火，可是監視器完全看不到有嫌疑分子進出，這家人不曾跟人結怨，對鄰居很和氣，所以依據火災鑑定，警方判定是裡面的人自己引火燒屋。而且，很有可能是小孩玩火造成的。

火災後，屋主數度請工人來整理，但是工人卻意外頻傳。到後來，根本沒有工人敢來整修那棟屋子。

她讀高中的女兒因為要準備考大學，所以常常讀書讀到很晚。有一天晚上快十點，女兒衝進她房間大聲嚷嚷，她跟著女兒，踏出陽台俯瞰對面……

對面騎樓好熱鬧，幾個人就在騎樓下，狀似談天閒話家常。

共有五個人，兩個人坐著，另一個女人站著招呼，旁邊兩個小朋友在玩耍。

坐著的兩個人，一個是老爺爺、一個是男主人，站著招呼的，是女主人，玩耍的小朋友，一個就讀小六、妹妹是讀小三。

雖然對面有點暗黑，但藉著幽暗的路燈可以看出來，他們就是一個多月前在火災中被燒死的許家五口！

黃太太還曾跟許太太談過話哪，仔細看清楚了之後，黃太太渾身起了雞皮疙瘩！

忽然，許太太抬起頭，望向黃太太……

許太太臉容焦黑，額頭、頭頂燒爛，露出白慘慘頭蓋骨，火燒掉她的衣袖，剩下幾條殘破布條，掛在她焦炭似的手臂。

接著，她伸出臂膀，朝黃太太輕輕揮著……

「怦！怦！怦！」心臟的狂跳聲，讓黃太太感到自己快負荷不住。

就在這時，男主人和老爺爺也一齊轉頭，抬起燒得焦黑、面目全非的臉看著她。在她心臟停止跳動之前，她女兒把她給拖進屋內，然後迅速關上客廳燈光。

之後，每當黃家人到陽台透透氣、觀賞一下夜景，就常常會看到對面有五個鬼影，在火燒屋的附近徘徊、流連。

陳婉真聽的心頭好痛，她一個好好的學生，居然變成異類，游移在死亡現場……

後來，陳婉真不放棄，繼續找校內的那位資深人員，一再追問之下，資深人員才透露出來。

萬華的遊民很多，幾年前一個冬天，學校後方圍牆外有一位遊民窩在那裡，可能是想點火取暖，結果不小心燒死自己。

校方遮掩此事，就地草草埋葬，還祕而不宣。

之後，每到下課老師就特別緊張，不讓同學單獨留在教室，都會催他們趕快回家。

另外，許晉利家租住的房子，原本是一整排的公寓，後來改建大樓。但是唯獨這間屋子無法參與改建，聽說屋主很嘔，但卻無可奈何。試想，誰敢跟那種東西對抗？

直到現在，若你經過那條街道，還可以看到那間火燒屋，不過，已經圍起了鐵皮。還有，不只黃太太，據對面大樓的住戶們說，常常會在晚上看到對面五條鬼影在徘徊。

3

廁所裡的學姐

新學期開始，總是令人興奮又期待。這學期，謝月娟當選上衛生股長，心中暗暗打定主意——自己一定要把份內的工作做好。

就因為有這樣的想法，因此，學期開始，她幾乎每天都很早到校。清晨六點四十五分，謝月娟就踩著輕快的步伐，踏進校門內。

走到一半，肚子竟然微微疼痛起來，她強忍著直到登上二樓時，再也無法忍耐了。於是一轉身，往後衝向二樓教室盡頭的廁所。這時還很早，同學稀稀疏疏，整棟樓顯得空曠、寂寥，尤其是廁所，沒有半個人，光線暗淡又陰又濕。

不過，謝月娟顧不了那麼多，衝進去拉開第二間的門，就蹲下去。

終於解決了內急，當她鬆了口氣時頓然想到，糟糕，沒有衛生紙！

唉唷，這可是個大問題，總不能不擦屁股，但也不好意思高聲大喊：「喂！有哪個同學，幫幫忙！」況且，廁所跟教室還隔了三、四間教室。

正急的不知所措之際，忽然聽到一陣「窸窸窣窣」的聲音，她循聲低頭望去……

咦？廁所門底下，居然伸進來一疊衛生紙！

緊握住衛生紙的手只露出一根大拇指，大拇指的指甲呈灰黑色。但裡面光線太暗了，謝月娟大喜之下並沒注意其他，她揚聲道：「哇呀！救兵，妳是我的救兵，謝謝！謝謝喔！我一定會還妳的。」

等她整裝齊備，打開廁所門，唔……不見半個人影？

她轉頭，看了一眼兩邊的廁所，並沒有聽到有腳步聲進出？難道，救兵也進了哪間廁所了？

唔，也許有可能喔。思緒這樣一轉，她對自己點著頭，心想，反正現在身上沒有紙，只能改天再還了。

謝月娟往廁所外走，才跨出兩步耳中聽到一股極細微的，還拖著長尾巴的女聲：

「記得還我……」

謝月娟呆了一下下，轉回頭望去。廁所一片昏黑，無法聽出聲音來自哪間廁所？她眨眨眼，聳一下雙肩，半開玩笑的說：「妳是我的救兵，我哪會忘記呀？我一定會還妳，放心啦！」

話完謝月娟往外走了幾步，又突然想到什麼似，回頭接口說：「我現在身上沒有衛生紙，改天一定會還的。謝謝！」

說完她走出廁所，一位同學剛好爬上樓梯來，兩人一對望，是同班的。

「嘿！許芳華！」

許芳華滿臉詫異神色，伸長頭，望一眼廁所內：「妳剛剛在跟誰說話？」

「喔，一位女同學啦，她借我衛生紙，我說一定會還她。」

「妳確定廁所內有人？」

謝月娟點頭，半開玩笑地：「當然，不然，鬼會把衛生紙借我喔？」

許芳華臉色一變，尚未發話，謝月娟又接口：「唉唷！她在廁所裡，難怪妳看不到她。」

「啊！這樣啊？」許芳華臉上是釋然表情。

「妳今天怎麼這麼早來？」

「我今天是值日生……」許芳華垮著臉，打了個哈欠：「好想睡覺喔。」

兩人一面說著，一面走進教室。

「然後，他媽媽找上女生的媽媽，說了很多很多難聽的話，等她回來她媽媽就開罵……」

許芳華雙手比劃著，問：「等等、等等，林文鴻，你說的他，到底是哪個他？女生的她？還是男生的他？」

一旁的王錦珠猛點頭，說：「對，我也搞糊塗了。」

林文鴻偏頭，接口說：「這樣吧，偷偷告訴妳們，聽說那個女生，姓邱名叫珠雲。」

王錦珠突如其來，拍著林文鴻的背：「喂！你很過分耶！幹嘛跟我一樣是『珠』？」

林文鴻忽然狂笑起來：「哈哈哈……」

兩個女生不解地望向他，其他同學也紛紛轉望狂笑不止的林文鴻。

林文鴻離開三個人團體的座位，退回自己座位，一面說：「妳說：跟妳一樣是『豬』啊！我可沒有這麼說，是妳自己說的！哈哈哈……」

王錦珠臉頰紅透了，又氣又恨；連許芳華也掩著嘴笑了……

這時，上課鈴響，同學們紛紛回自己座位，許芳華轉向林文鴻：「喂！你還沒說完哩！」

「下回待續。」林文鴻舉高手，在空中轉著圈圈。

等到午飯時間，許芳華追著林文鴻想聽續集，結果王錦珠也靠近來，連帶的許月娟也好奇的問，什麼故事這麼好聽？

「鬼故事！」許芳華說。

「校園傳聞。」王錦珠接著說。

「哪個學校的？我也想聽！」許月娟說。

林文鴻故作神祕地，放低聲音：「就是我們學校！」看幾位同學全都靠近，王文鴻接著臭屁了起來：「不過，我也是聽學長們說的。到底是真是假？不知道！」

瞄眼大夥，林文鴻又接口說：「但是，鬼故事倒蠻精采。耶，聽起來，就像是真的哩。」

這麼一來，同學們興味更濃了，應大夥要求，林文鴻從頭開始說起……

前幾屆，有一對同班的班對，感情非常要好，簡直就是出雙入對，連午、晚飯都在一起吃。

後來，這件事傳到男生家長耳裡，家長經過查證後審問過男生，確認兩人走得很近，男生受到家長壓力，跟女生說好，要暫時分開一段時間。

不過，說是這樣說，兩人讀同班，不也是天天必須面對面嗎？

當然，界線很難劃分的清楚，反而因為家長的阻擋，兩人感情更濃烈。

女生聽說是單親家庭，母親忙著上班賺錢，根本沒空管女兒。

後來，有一說：是女生懷孕了；另一說，是男方家長發現兩人又在一起。

因此，男生媽媽從學校探聽出女生家住址，就直接找上女生家。

兩方的媽媽見面就大吵起來，男生媽媽說了很多難聽的話，大概也涉及到家世問題，譏笑女方貧窮，想搭上有錢人……等等之類難聽的話。

見到女生跟男生散步回來，媽媽就開罵，據說罵得很慘。

後來，女生去找男生，哪知道男生受到家長嚴厲的管制，向學校請長假，多方阻止兩人聯繫，連手機也被沒收了。然後，女生就想不開，自殺死了。

「後來呢？怎麼死的？死在哪裡？」同學們紛紛發問。

林文鴻賣了個大關子，徐徐說：「學長不肯跟我說，只說是在學校裡自殺的，至於死狀……學長說，死得很慘。」

「怎麼個慘法？」又有同學不死心地追問。

「嗯，她準備了老鼠藥、美工刀、繩子。聽學長說，她先吃下老鼠藥，接著用美工刀劃花臉，最後上吊。」林文鴻把舌頭伸得老長，瞪大鬥雞眼：「喏！就是這樣。」

「唉呀！討厭，好可怕！」王錦珠大發嗲聲，掩住自己眼睛。

「各位知道，為什麼她要畫花臉嗎？」

大夥搖頭，林文鴻聲音愈說愈低：「據學長說，因為她懷孕，沒臉見她死去的爸爸，畫花臉就是要讓人認不出她。」

正在這時，一聲大么喝傳來：「起立！」

「啊──」

原來已經上課了，膽小的同學猛吃一大驚，忍不住揚聲大喊。

踏進教室的老師，莫名其妙的望著同學們，同學們猶如老鼠過街，乒乒乓乓衝回自己座位。

衛生股長，責任重大，加上謝月娟有心做好這個工作，所以更忙了。

這個禮拜，輪到她班上打掃教室尾端廁所，她必須等同學們打掃完，再去檢查。一般等她去檢查時，打掃的人都走光了。她一間、間打開廁所門，伸頭探視著。檢查到這一邊的第二間時，廁所門竟然打不開。

她用力拉了拉，還是打不開，當她放開手時，莫名其妙覺得尿急；也正在此時，廁所的門自動打開了。

雖然感覺有點怪，可是她依然一腳跨進去，關上門，蹲下去……

「叩，叩，叩！」廁所門外，有敲門聲。

「裡面有人啦！妳誰呀？」許月娟說：「廁所那麼多間，去別間啦！」

叩門聲還是有一搭、沒一搭的響著，謝月娟有點生氣，幹嘛不去別間，分明就是故意找她麻煩。

尿完，她準備開罵，用力打開門，呃？門外沒有人？

這時候，已經是下午五點多左右，廁所內冷寂又陰暗，這情形讓人更升起不舒服感，可是謝月娟卻沒有任何感覺，她認為敲門的人一定是躲起來了。她立刻跑到外面，再轉向右邊的樓梯口，確定都沒人再轉回廁所內。

外面都沒有，那……惡作劇的人，很可能就躲入哪間廁所內！

她對自己的想法很認同，用力一點頭，開始大肆檢查，一間間都打開、看個清楚。

結果讓她失望了，完全沒人！

忽然，她想到每間都檢查過，唯獨她剛進去的那間沒看！

於是，轉回身她到第二間廁所前。

呵！居然打不開！分明就是惡作劇、找麻煩啊！

一把無名火升上來，她更用力拉門，狂敲！門還是閉的緊緊。

「可惡！我不信這個門打不開！喂！惡作劇的同學，聽好了，再不打開門，等一下妳會死得很難看！」

說完，她迅速退出廁所，就近轉到教室內借一把椅子，動作奇快的搬到廁所第二間門外，踩上去由上面俯視廁所……

哼！果然！有個長頭髮女生，蹲著、垂著頭。

「喂喂喂！妳誰呀？給我抬起頭來！」

女生不為所動。

「喂！妳很可惡喔，惡作劇也要有個限度！」

繼續飆罵著的謝月娟，完全沒注意到，這時天色更晚，廁內更暗，女生的身軀線條，也開始模糊……

「妳給我出來，向我道歉，不然我馬上去訓導處跟老師報告。」

忽然，謝月娟的裙子被人輕拉了一下，她轉頭望向左邊，一個長髮女生低著頭，正拉著她的裙子。

謝月娟覺得這女生長髮有點眼熟，馬上轉回頭，望向廁所內……

廁所內，空無一人！

「咚！」心口無端猛跳起來。

這時候，謝月娟才感到有點不對勁，再轉回頭這才看仔細了，女生拉著謝月娟裙子的整條手臂，烏漆抹黑，簡直像黑炭。

張大口，上下唇劇烈的哆嗦著，謝月娟喊不出聲音來。

她伸出顫慄的手，拉回裙子下擺，同時伸腳，踹向女生……但，腳像踢到空氣般沒碰到女生，還因用力過猛，讓她整個人摔倒下來。

明知道不該看她，可是謝月娟無法控制雙眼，仍不自覺的望著她。

女生沒有臉，一顆頭的前、後、左、右，全覆蓋著長髮！

再也忍受不住，謝月娟奮起餘力用力爬往外面，同時發出驚天動地、悽慘無比的喊聲……

只請了一天假，謝月娟就又到校上課了。

她向來很少請假，同學們難免覺得奇怪，問她：「生病了嗎？還是有事？還是大姨媽來了在家休息？」

她一概搖頭不語。但是，每次要去廁所她都會找同學作伴。還有，上廁所時她絕對不敢去第三間！

每逢輪到班上打掃廁所必須去檢查時，她都儘量找同學作伴，但偶爾也有落單的時候，這時她都會天人交戰好久：「進去檢查吧，不會碰到鬼了。而且，這麼久了，女鬼應該也離開了。」

每次，當她跨出步伐想勇敢地走進廁所，但總覺得那昏黑、晦暗的廁所裡，似乎隨時都會蹦出什麼東西來……最後，她都草草了事，只看一眼轉身就跑。

老師跟她說過兩、三次，說她沒有盡責。她也想當模範衛生股長，但遇到「鬼」這種事，就算有兩個膽，也沒辦法盡責了啊！

同學們問她怎回事，她一概搖頭，因為她怕說出來，以後沒人願意陪她去廁所。

這樣平安過了將近兩個多月，因忙於準備考試，謝月娟慢慢擺脫了這個噩夢。

這天下午第三節下課，謝月娟跟著許多同學去上廁所，哪知肚子突然絞痛了起來。

上廁所之際，她感到脖子癢癢的，轉頭望去。嚇！一撮長髮，由門板上面垂下來，髮稍正搔著她的脖子。

她差點嚇死。

「喂！外面的同學，不要惡作劇，好不好。」

沒有人應聲。

謝月娟提高音量：「外面的同學……」

忽然，她意識到方才上課鈴聲好像響過，那，難道同學們都……

外面都沒有人嗎？

再次瞄一眼髮稍，她強自鎮定轉頭欲閃開，不料髮尾跟著她的頭搖晃，她左閃、右避竟然躲不開。

這時，一陣暈眩感襲來，加上害怕、失神，她整個人側歪著倒下去。出於本能，她倏地伸出手，以便支持著自己。

廁所的便器是蹲式的，她整個頭碰撞到便器頂端部份，及肩髮尾浸泡在便器內，她的手，慌措間正巧地伸進……

嗚！哇！她的頭、手、臉頰側邊，全都沾黏到剛剛拉的排泄物……

謝月娟沒有哭，但雙眼卻掉下淚來，聲音哽噎的變調了：「同學，有人在外面嗎？」

外面還是一片安靜，她終於肯定，同學們都進教室去了，偌大廁所裡，只剩她一個人！

怎麼辦？她不敢打該廁所門，無聲的淚像暴雨狂瀉而下。

——妳……找……誰……啊？

外面傳來一縷細微女聲。

謝月娟全身細胞、神經都停止運作，另一隻手抹掉臉上淚水，她急問：「妳……哪位？」

——邱……珠……雲……妳……欠我……衛……生……紙……嘻嘻！

「呀，原來是邱珠雲。」

膽子一壯，謝月娟忘了害怕、也忘了門板上的頭髮何時不見了，她匆匆穿妥衣物，打開門，跨出廁所，甩著頭、手……可是身上的屎臭味，濃烈的緊哪。

然而，廁所外面竟然毫無一人，整間廁所瀰漫著黑暗、詭異氣息，謝月娟急切的四下盯望著：「邱珠雲，妳……在哪裡？」

——我……在……這……裡……還……我……衛……生……紙。

聲音飄忽的讓謝月娟無法確定，她緩步走向廁所進出處。內牆上掛著一面鏡子，經過時，謝月娟特意走到鏡子前。

她想看看自己成了什麼怪模樣，咦呀！鏡子裡空無一物！

她吃了一驚，伸出手在鏡子前揮一揮……都沒有影像！

「怎麼會這樣？難道，我是鬼？還是我做夢？或是鏡子有問題？呃！天呀！」

更大的驚懼，讓她完全忘記了害怕，蹙著眉頭她轉向外，正要起步走，方才那縷聲音傳來：

——我……在……這……裡……

這會兒，謝月娟聽的分明了，聲音是來自鏡子裡！

她忙轉望鏡子！鏡子內，出現一個女生，她臉孔被刀子割的四分五裂，凝固的殷暗血水讓她看來更猙獰。

拚盡全力發出慘嚎聲，謝月娟整個人往後仰倒，昏厥過去了！

老師宣佈：謝月娟無法當衛生股長，必須另選他人代替。

但是，謝月娟不甘心，她硬是認為自己有這個能力要當個模範股長。

挺起胸膛，她去找老師，向老師說明她的意願。

「可是，妳那天情形很糟。問妳到底怎麼了，又說不清楚。」

「老師，我那天剛好……生病了。請您不要解除我的職務，我可以的。」

「是嗎？」老師沉吟半晌，說：「不然這樣吧，請副股長跟妳一塊檢查。」

就這樣，謝月娟繼續當衛生股長，副衛生股長——許芳華陪著她一起工作。

很快的，又到了班上輪值打掃廁所。

下午五點多左右，謝月娟和許芳華一起到廁所檢查是否打掃乾淨。

有人陪著，膽子壯大許多。謝月娟一間、間打開門，檢視著。

「咦？妳幹嘛跳過這一間廁所不檢查？」許芳華怪問道。

「啊！這個，我想是不用看啦。」謝月娟支吾著，繼續檢查第四、五間。

「不行啊！難怪之前老師說過妳不盡責。看一下又不會少掉一塊肉。」許芳華很堅持。

「好，那妳就看一下吧。」聞言，許芳華伸手打開廁所門。

謝月娟停住手，回身看著許芳華檢查。

「咦？這是什麼？」說著，許芳華跨了進去。

謝月娟一顆心提到了喉嚨，就擔心會遇到……

過了好久，許芳華一直沒有回應。謝月娟見狀，疑心、戒心、恐懼心，全一起往上升。

「芳華！許芳華！怎樣了？」謝月娟揚聲喊：「許芳華！妳快點出來啊！」

還是沒有任何回應，謝月娟一步步小心又謹慎的走向第二間廁所。

許芳華進去後沒有關門，所以謝月娟正面向著打開的廁門，走近廁所門後她猶豫著，不敢貿然探頭，只問道：「許芳華！許芳華！怎回事？妳快出來呀！」

還是沒回應，這時天色更暗，廁所裡面除了一片暗濛還漾了一層薄薄霧氣。

謝月娟深吸口氣，越過門面對著廁所。

一個女生面向外低著頭，她整張臉讓垂下來的頭髮覆蓋住，所以看不到她的臉。

猛吃一驚，謝月娟退了一大步，生氣的揚聲道：「許芳華！妳很無聊耶，妳……」

話說一半，謝月娟突然發現，她，沒有下半身，腰部以下，飄浮在空中……

謝月娟瞬間變臉，緊接著她抬起手——那手是白慘慘的骷髏手……

「嗚……」謝月娟聲音卡住了，叫不出來。

她眼睜睜，看著她的骷髏手撥開兩邊頭髮，露出被刀子割的四分五裂扭曲的臉，佈滿殷暗血水，看來異常猙獰。

「妳、妳不是……芳、華」上下牙齒劇烈打著顫，謝月娟整個人幾乎要癱瘓了。

——我是……邱……珠……雲，衛生紙……還……

白慘慘的骷髏手，直直伸過來。沒看到它動，可是它整個人、身、手，瞬間就靠向謝月娟面前……

謝月娟踉蹌往後退，面孔驚得一下白、一下青，努力的張大嘴。

——妳說……會……還我……

「啊——不要！不要呀——救命——」

就在謝月娟快昏倒之際，腳步聲響起，一個人從外面奔了進來。

「謝月娟！怎麼了？」

謝月娟轉頭望去，是許芳華，謝月娟快癱瘓了的身軀宛如看到救兵般，精神忽地一振跑向她。這時她的淚水像瀑布，直瀉而下。

事後許芳華說，她打開門後看到廁所角落，出現一包東西、一把美工刀、一條捆捲著的繩子。她想進去查看，但耳中聽到有人喊她的名字，她轉頭望去，發現廁所外有個影子向她招手，然後她整個人失去意識，直直往外走向那個影子。

之後她就糊里糊塗，直到謝月娟淒厲喊救命的聲音傳來，她忽地整個人乍然清醒，

奔進廁所內。

老師聽完她兩人的報告，實在也不知該如何處裡，因為別班似乎沒有發生什麼怪異之事。不過，老師還是把謝月娟的職務跟其他同學調換，以後謝月娟就不必踏進那間廁所了。後來就算要上廁所，她都寧願繞遠路到另一邊的廁所去。

雖然老師一再交代，不要亂傳莫須有的傳聞，但是班上的人，依然悄悄流傳著。同學雖然曉得她的部分際遇，只是不太清楚細節。

一天，中午時分，林文鴻坐到謝月娟座位旁，神色凝重的望著她。

「幹嘛？看什麼啦？」

「妳沒有叫妳家人，帶妳去廟裡燒個香，求個平安符之類的？」

「有這必要嗎？」許芳華湊過來，笑問道。

「嗯，哼！聽我奶奶說，遇到這種事最好是去拜拜、收驚比較好。」

王錦珠還有其幾位同學都湊近來，拉長耳朵。

「我也要嗎？」許芳華問道。

「這個就看各人了。妳有沒有看到什麼髒東西。」

許芳華眨眨眼，點著頭。

「啊！」大夥異口同聲喊一聲，全瞪大眼睛。

「妳可以說出來給大家聽聽嗎？」林文鴻說。

「老師交代我不要亂說話。」

「拜託，妳小學生呀？老師說啥就是啥？」

在眾人慫恿之下，許芳華細細說出當日際遇。

聽完，大家都滿臉訝然，因為此刻是大白天，並沒有害怕感覺。

接著，眾人轉向謝月娟。

聽完謝月娟的際遇，林文鴻慎重其事地：「我說嘛，妳真該去廟裡求菩薩保佑。妳看，接二連三都讓妳遇到她。嘿！我還真服了妳，居然這麼勇敢，一點都不怕她？」

「哪有，我怕死了。」

「對了，記不記得我上回跟大家說的鬼故事？」林文鴻接口說。

眾人有點頭；有搖頭；有一臉茫然……

原來，林文鴻間接聽到、看到謝月娟的情況，他疑心大起，特地找個機會去找學長。這位學長就是當初告訴他校內傳聞的人，在林文鴻一再追問下，學長才吐露真情。所謂傳聞，其實是真有其事，就是發生在校內，是前兩屆的學生，地點就是在廁所裡。

據說，在一個清晨的早上，早到的女同學去廁所，看到第二間廁所的門，一下關、一下開，她覺得奇怪，誰那麼無聊？

結果，她走過去一看，嚇！當場嚇傻了！

一個女生，披散著長頭髮，臉上被刀子劃得四分五裂，脖子上套著繩子，因為她的身驅搖晃著，踢動門一開一合。

之後法醫鑑定，女生是先吃了老鼠藥後畫花臉，再上吊。死亡時間是在前一天晚昏的七點左右。所以，起碼死了十二個鐘頭以上，為什麼她的身體還會動？那是因為帶著深深恨意的怨靈，因死的不甘心而要擾亂陽世間。

這事之後，校內傳聞沸沸騰騰，據說有很多同學都看到了怨靈，學校請廟祝來超渡就平息了一陣子，後來學校再三交代老師、同學們，不許再多說有關的事件。

「怨靈的名字，就是：邱珠雲。」

說完，林文鴻看著謝月娟，謝月娟整張臉剎那間變得白唰唰。

4

音樂教室的鬼魅

X大，校園一角的音樂教室，傳來流水行雲、清脆的叮咚琴音聲響，悅耳得讓人陶醉。教室外面周遭，植有樹木、花草，此時正值入夜時分，星空閃爍著大、小星光，涼風徐來，真是個宜人的初秋夜。

為了不妨礙其他科系上課，音樂教室特別設置在偏僻的校園一角。說偏僻也行，說景觀靜謐也可，總之這裡是個賞樂絕佳地點。

遠遠的小徑彼端，亮著一束小小光芒，隨著個腳步移動，小光束也忽前、忽後的移動著。

距離音樂教室，還有一段距離，小光束忽然停住了。然後，又繼續前進，但速度很緩慢。將近教室不足十步距離，忽然，教室內的燈霎時亮了起來，小光束再次停住。握著小光束，不！握著手電筒的校工，睜圓眼盯著教室。

亮著光的教室窗口，倒映出一個女生身軀，坐在鋼琴前舞動著纖細手指，曼妙琴音，傾洩得讓人陶醉。

校工恍如著魔般，佇腳細聽，一曲終了，他像夢醒似口中「啊！」了一聲，揚聲喝問：「誰呀？哪個同學？這麼晚了不回去？還彈什麼？」

校工循著小徑，迅速前進教室，還繼續說著：「是哪個同學？被我抓到了會以『違反校規』處理喔。」

走到教室門口，燈光乍息，整棟教室陷入一片黑暗中。校工發現，教室門是上了鎖的。

那……同學怎麼進去的？這麼晚，校內同學一定都離開學校了。基於職責，校工只是照例巡視一遍，根本沒帶鑰匙，也無法打開門。

「哼？躲著有用嗎？給我出來！是誰？」

好半晌，還是一片闃寂，校工走到旁邊窗口。咦！這麼巧，鐵欄杆內的玻璃窗，開了一條縫呢。校工湊上前，由玻璃窗望進去……

照說，應該是一片暗濛的教室內，居然有不太明亮的光，那這光打哪來的？校工忘了細思。

鋼琴前坐著個女生，她抬手抹臉，校工聽到她陰淒的哭泣聲，聲音不高，但很清晰，接著，她緩緩起身拿起鋼琴上一綑繩子……

她是站定著的，但鋼琴椅子自己移動……移到教室正中的梁柱底下。

這時，校工心口「咚！」的大跳了一下。

女生整個飄浮起來，懸空飄到梁柱旁——這個梁柱，距離地面起碼有一個半人高。

校工這會兒可以確定了，她不是人，是鬼。校工的心臟咚咚咚，愈跳愈快，可是，他沒辦法移開自己雙眼，就連身軀也身不由己地被定住了。

它柔而緩地把手中繩子穿套過梁柱，再緩緩下降站到鋼琴椅子上，它將繩子打結，把頭伸進繩子……

校工心中急切的想喊：不！不要！不行。

可是整個人根本無法動彈，連開口都沒辦法。

它讓自己掛上去，踢掉椅子，剎時整具身軀因而打著轉，轉向校工。

校工清楚看到它……

臉孔扭曲，疵牙裂嘴，繼而雙手掙扎，雙腳凌空踢蹬不已，它很痛苦，非常痛苦。

這樣痛苦的掙扎了很久，臉色由白、轉青、脹紅得轉黑，舌頭吐出好長，眼眶猛瞪大，凌厲的雙眼，恰恰對上了校工！

X校，音樂系發出公告，年底舉辦雙人組音樂競賽，施柏南和韓倩都是音樂系學生，兩人準備報名，便去找系主任商借音樂教室，以便加強練習。

回到教室後，韓倩的麻吉——游玉秋迎上前，忙問：「怎樣？系主任答應了？」

施柏南舉手，亮出手裡的鑰匙，臉上掛著興奮笑容。

「答應了？」游玉秋露出不可置信表情，檢查一下鑰匙，又把鑰匙還給施柏南，施柏南馬上遞給韓倩：「還是讓妳保管。我的時間不一定。」

「系主任有說什麼嗎？」游玉秋又問。

「他說，可以借教室。不過，最好別超過晚上九點。」韓倩道。

「就這樣？沒有說其他的了？」

「怎麼？借個教室很困難嗎？」韓倩收下鑰匙，反問游玉秋。

游玉秋聳肩，答非所問地：「聽說，校內換了好幾位校工。」

「這跟我們有什麼關係？」

施柏南也點頭，接口：「又跟音樂教室什麼關係？」

游玉秋歪著頭，說：「我是不太清楚啦。妳知道黃明燕嗎？」

韓倩點頭，說：「妳同寢室的學姐不是嗎？」

「聽她說也想參加這次的音樂競賽，音樂非她本科系，她只是對樂器有興趣。」

「然後呢？」

「我說，妳應該去商借音樂教室，加強練習。」游玉秋忙辯白道：「那時，我還不知道妳要參加。」

「無所謂啦，然後呢？」

「她就說，那邊校工換了好幾位。聽說都是夜巡到音樂教室後，次日就不聲不響

的離職了。」

「為什麼？」施柏南道。

「不知道。他們沒留下任何原因。」

施柏南問道：「所以，問題是音樂教室？」

游玉秋不置可否，因為她也不清楚細節。

施柏南突然笑得響亮。兩個女生一齊盯住他，等他下文。

「我早聽說過這個傳言了。」

「什麼傳言？」兩個女生同時開口。

「就……很多啦！有人說，在晚上聽到音樂教室傳出樂聲；有人說，上課時先去教室開門時，忽然遇見裡面走出一個人；有一對情侶散步到附近的樹底下，看到教室裡亮起燈，出現了人影。」

「真的假的？」

施柏南露出一口白燦燦牙齒，笑了，他的笑容非常陽光，韓倩幾乎看呆了。

「妳說勒？」說著，施柏南炯亮大眼掃過兩個女生。

跟他對望一眼，因為心虛，使韓倩雙腮透紅，她急急躲開他的眼，轉望地上。

「其實，」施柏南根本沒在意，繼續接口說：「我沒遇見，妳們也沒看到對不對？

所以，我覺得那都是謠言。」

「既然是謠言，為什麼單單只從音樂教室傳出來？怎不說別地方？」游玉秋問。

「我想，應該是地緣的關係。妳不覺得音樂教室特別偏僻嗎？還有，教室外面種滿了樹木、花草，整體看來就很陰鬱，才會有人亂傳言。」

「嗯……有道理。」

「依我的感覺，那裡充滿了羅曼蒂克。」施柏南燦笑著：「妳想，有音樂，有沁涼林木，有花花草草的很浪漫不是嗎？」

「唉唉唉，想不到我們的施同學，身上充滿了浪漫細胞唷，難怪是音樂才子！」

游玉秋的讚語，不但讓施柏南心口樂透，連韓倩都滿懷甜蜜。

為了競賽，施柏南和韓倩卯足了勁，只要沒課就往音樂教室跑，兩人很遵守系主任的吩咐，練習絕不超過晚上九點。

不過，施柏南似乎很忙，一週裡總有一、兩天會遲到、早退。

每逢這時候，韓倩只好單獨練習。

隨著競賽日期漸近，加上得應付課業、考試，韓倩都會督促施柏南。

甚至有幾次練著、練著，居然忘記了時間，直到十點多，才發現逾時了。

在這樣密集的練習裡，韓倩對施柏南的情愫，逐日漸增。

為了加強練習，逾時的狀況時常發生，像今夜，兩人練到渾然忘我，都沉浸在音律裡。他們彈奏的曲目是：貝多芬的小提琴奏鳴曲『春』。

忽然，施柏南停手，叮咚、清脆的鋼琴音戛然而止，韓倩也訝然的停止彈奏小提琴。

「怎麼？我彈錯譜了？」

施柏南輕皺著劍眉，一臉嚴肅，側耳傾聽。

見他這樣，韓倩更是擔心，正要開口再問，施柏南忽問：「妳有聽到嗎？」

「什麼？」

「我剛剛好像聽到兩個小提琴的聲音。」

「沒有。」韓倩笑顏如花：「你以為我有兩把提琴啊？哪可能啦！」

施柏南看一眼手錶，已經快十點多了，他吃了一驚：「呀！糟糕，晚了。」說著，他收起樂譜，闔上鋼琴蓋。

見狀，韓倩也收起提琴、樂譜。有點惋惜地：「好可惜，今天練得不錯，音階、曲調都配合的好極了。」

兩人收拾妥當，關好燈，鎖上門，踏出音樂教室，周遭靜謐得怡人，一輪大大的秋月，掛在清朗的藍空上，更添幾許浪漫氛圍。

韓倩一顆少女心，也添加了無盡的遐思：真希望能一直走下去，不要到盡頭，也不要說拜拜。

想到此，她偷眼望他，卻發現他走得好快，她連忙疾步跟上：「等我一下啦。對了，明天呢？幾點到這裡？」

施柏南停腳，回頭，月光下，他英挺臉上刷著白光，淡漠的搖頭。

「還是明天再聯絡？」

「我明天有事，沒辦法來。」

「哦……」一愣之後，韓倩撒嬌般放柔聲音：「不行啦！時間所剩不多了。」

「我明天真的有事，沒辦法來。要不，妳自己來練習吧。」

「到底是什麼事這麼重要？」

「我女朋友生日，本來今天就要約，想不到搞到這麼晚，我還得跟她解釋。」

說著，施柏南回過頭，加大步伐的往前去。

他的話，讓韓倩有如雷劈，整個人呆愣得頓住腳。

眼睜睜看著他向前，漸行漸遠，完全沒有回頭，韓倩整個人，冰涼透頂！

怎……以前沒聽過他有女朋友？這消息，太突兀了！

——男生就是這樣哩！呵呵……

一個幽幽女聲，傳入韓倩耳裡，她渾噩的點頭。

——女生，千萬不要太癡情，吃虧的，都是女生哩！呵呵……

韓倩渾噩的搖頭、再搖頭，不自覺的搖下一串淚——無聲的、撕裂心口的淚。

——妳又能怎樣？啊？能怎樣？啊？能怎樣？啊？

「我……我不想怎樣，我不甘心，我不甘願！」韓倩突如其來的揚聲大吼。

哀怨加上憤恨的聲浪，直衝雲霄，連藍空上的月亮，也讓雲朵遮住了。

韓倩像個木頭人，呆坐在鋼琴前面，手毫無意識的隨便按著琴鍵：

「叮——咚——叮——叮——咚……」偌大音樂教室，響出單調的鋼琴聲。

明知施柏南今天不會來教室，她卻執意必須來，因為她有深深的懷念。

雖然時間不長，可已夠她回憶了。

這感情呀，來得快，去得更快，都尚未發芽呢，竟已夭折。怎麼辦？剩餘的日子，她不知道該如何面對他？該如何過下去？又該如何收起已經撒下去了的情種。

誰？有誰可以告訴她？

「叩叩！」

是教室門口傳來的敲門聲，韓倩急忙回頭……沒有人，是自己聽錯了。

也是，他昨天說的夠清楚了：──我明天有事，沒辦法來。──我女朋友生日，本來今天就要約，想不到搞到這麼晚，我還得跟她解釋。

施柏南帶著磁性的聲音依稀在她耳邊響起，簡單的一句話，竟是她的催命符。

她轉望掛鐘，已經七點半了，她六點就來，枯坐到現在，還是無法讓洶湧的心思平靜下來。

「我說呢，男生就是這個樣。」

聲音好響，就在韓倩背後，她吃了一驚，轉回頭，是個女生。

「妳……誰呀？」

「妳忘了我？昨天晚上我們不是交談過了？我姓蘇，蘇韋容。」

「有、有嗎？蘇……？」

「蘇韋容。」蘇韋容無表情的臉，木木然的看起來很詭異。

只是，韓倩這時無心注意其他。

「跟妳一樣，我也是拉小提琴的。」

「呀？是喔。」

韓倩看著蘇韋容，發現她的臉上一片陰黯，嘴微張，吐出一截舌頭，舌頭腫脹成紫色：「我說過，女生不要太癡情，吃虧的都是女生。呵呵……」

末了的笑聲，比哭還難聽，韓倩全身都感到很不舒服，她問：「妳……妳的舌頭，怎麼了？受傷了嗎？」

「哼！沒錯，妳知道我是怎麼受傷的？」

韓倩搖頭，視線又轉望鋼琴。

就在韓倩轉開視線之際，蘇韋容舌頭瞬間往下伸掉，臉張臉也猙獰得七孔流血，但，迅即又恢復原來的木然表情。

「想不想知道？」

這時，韓倩腦海裡不自覺浮起施柏南修長的十指，飛快的跳動在琴鍵上，琴音配合他的手，發出悅耳、清脆聲，多令人陶醉哪……

「想吧？我知道，妳一定很想知道吧。」蘇韋容的聲音將韓倩注意力拉回。

韓倩無意識的隨便一點頭，雙眼還是盯視著鋼琴。

忽然，沒有人按鋼琴，琴鍵就自動凹陷下去，發出單調聲響……此時韓倩還是渾噩無知覺。

「我會讓妳知道喔，要不要？要不要？要不要？」

原來柔細聲音，隨著一聲比一聲高，迴旋著，充斥在整間音樂教室裡……

新來的校工姓戴，教授都稱他老戴，學生們尊稱他戴伯。

他依照規定，每晚很準時的巡查教室，九點前完工後再回他的校工宿舍。

一面晃著手電筒，老戴看了一下手錶，快九點了。

因為，有時會繞個路；或遇到教授，談個幾句話；或有種種突發狀況，他很難在規定時間內完成工作。像現在，已經九點了，他才走向最角落的音樂教室。

踏向小徑，轉個小彎道，他忽看到音樂教室裡的燈光，是亮著的。

接著，小提琴聲，幽悠然、如泣如訴的傳來。

曲目是貝多芬的小提琴奏鳴曲『春』。

「嗯！同學這麼認真啊？」老戴自言自語：「都這麼晚了，還在練習。」

他朝音樂教室走近，忽然一抬眼，他看到玻璃窗上，一道女生影子踩著椅子，站了上去……

他循著影子往上看，咦？女生影子的頭頂上端垂掛著一條繩子，繩子下擺打了個大圓圈，這個圓圈剛剛好跟女生的頸脖同高！

老戴這樣想完，女生影子的頭，伸向圈圈……而小提琴的聲響，依然幽幽泣訴著。

女生影子踢掉腳下椅子整個人懸空，可能因為痛苦，她整個人掙扎、扭動、雙腳踢蹬不已。

「啊！呀！這是！天、天呀！有、有人、自……」

老戴顫抖著說到一半，慌忙奔進教室內。就在這時，教室內的燈光乍然熄滅。

他慌忙按下門口處的燈光開關，可是，居然打不亮燈光。

他緊張又慌措，放眼望去整棟教室昏黑又陰暗，但依稀可以看到中央吊掛著的女生影子還在掙扎，似乎已經快失去力道，雙手、雙腳顯得無力，漸漸下垂……

他忙奔向前，奔到一半，突如其來的，面前地上冒起女鬼，它臉孔猙獰、紫色舌頭吐的好長，淒厲雙眼如針死瞪著他並橫伸出雙臂。

它兩隻臂膀，足足橫隔住整間教室，硬是不讓老戴越過。

老戴手抖腳顫，兼汗流浹背，以他的老經驗，當然明白遇到了什麼鬼東西，可是眼看著有人就快死了，他哪能見死不救啊？

此刻，當然不是害怕的時候了！惶急間，他忽想到，還有手電筒！

抱著姑且一試的心態，老戴按下手中手電筒的開關，往前面猙獰的女鬼照過去。

但他卻不敢正視，微偏著頭，瞇著眼只以眼角餘光偷瞄它。

——啊——哇——呵呵呵！

淒慘哀號的鬼聲，幾乎要穿破人的耳膜、震垮人心。

女鬼被燈光一照，整條臂膀有如橡膠被火融化了般，溶解的往下滴著……不知道是什麼的汁液。

緊接著，猙獰恐怖的臉，扭曲變形，也溶解了似的，往下滴、溶化掉……

老戴全身的神經緊繃著，看到女鬼消失殆盡，手電筒轉向地上，他轉低著眼，看看地上……怪了！什麼都沒有，地上乾乾淨淨的！

經過一場人鬼大戰，他呆立了好一會，猛然想起：救人要緊啊！

奔上前，老戴先扶正鋼琴座椅，再七手八腳抱起掛在半空中的女生，不料一個重心不穩，兩個人一起摔倒在地。

老戴掙扎起身，反身跑向大門處按亮開關，剎那間整個教室明亮了。

女生整張臉，都發黑，嘴唇也腫脹變成紫色，老戴掐著她的人中，拼命拍她臉頰。

好在老戴具備一點急救常識，在他努力下女生嗆著、咳嗽了一陣，終於醒了過來。

韓倩驚險的事件，很快在校內傳開來。

施柏南想不到韓倩會單獨去教室練習，還練習到那麼晚才會出意外。他相當自責，覺得都是他的錯。

經過這件事後，韓倩冷卻了，思考再思考……覺得若不收回對施柏南的愛意，不但傷害他的女友，也會傷害到自己，更會讓施柏南為難。也許，施柏南對自己沒有什麼感覺。

雖然有點困難，不過，韓倩開始把注意力集中到課業、還有這次的音樂競賽。

心事的轉折，唯有她的麻吉──游玉秋最清楚。當然，游玉秋也是支持她，不斷給她鼓勵，說全校又不是只有施柏南一個男生，放遠眼光，一定可以找到適合的好男生。

下了課，施柏南收起書本，要約韓倩一起晚飯、去音樂教室練習。

「這個……我跟玉秋約好一塊吃晚飯。」韓倩淡淡一笑。

「練習也很重要啊！」施柏南真搞不懂面前這個女生：「比賽日期近了，我們的合奏還不很純熟。」

猶豫著，韓倩看他一眼，低著頭說：

「我……我想放棄。」

「什麼？」施柏南跳起來：「都什麼時候了，妳、妳跟我說這種話？」

韓倩不語，臉上一派堅毅。施柏南深吸口氣，放緩聲浪：「那，有理由嗎？」

韓倩心思電轉著，很想跟他說出無法繼續跟他一塊練習，因為……不！不行，游玉秋警告過，千萬不要說出來，不然會愈攪愈亂。

「因為，音樂教室……有鬼魅。我害怕！」

施柏南微怔，想起她之前的際遇，隨即點頭：「我了解妳的感受，不過那都只是傳聞，妳一定是聽到謠言產生妄想。」

「可是，戴伯說……」

「我問妳，我們之前去練習都沒事，對嗎？」

一回想，也對喔，韓倩要點頭又覺不妥，變成偏著頭，表情怪異地。

「妳聽著，跟我一塊去練習絕對沒事，好嗎？」

「如果……又出事了？」

「唉唷！妳這什麼邏輯？既然沒事又哪來出事？想太多了！」

「我還是害怕。那這樣吧，如果真的有問題，我們就……放棄比賽？」

「行！就這樣說定了。」施柏南沉穩的眼神，顯得很篤定。

韓倩用力一頷首，想放棄，其實最主要的目的只是想跟跟他切割，保持距離而已。

「妳先去吃晚飯，我們約七點整在小徑的白楊樹見面。妳不要單獨進去，等我啊！」

吃晚飯時，游玉秋少不得又是一番勸說，韓倩都聽煩了，打斷她的善意：「我知

道，他本來要跟我一起吃晚飯，我拒絕了；還有，我說要取消比賽主要目的也是想跟他包持距離，讓這件事淡化。妳不用再說了，我已整理好我的心態了。」頓頓，深深吸了一口氣，接口：「但，我還是很感激妳這幾天的安慰。放心吧！我沒那麼軟弱，也不會想不開。」

「是嗎？那為何那天，妳會發生……自殺事件？」

「嘿！我根本沒想到要自殺，奇怪的是，我居然身不由己。」

「那是說，音樂教室內真的有鬼魅？」游玉秋皺緊鼻頭：「那你們還去？」

「施柏南不信，他說只是傳聞而已。」

游玉秋雙肩一聳，沒再接話。

晚餐後，游玉秋陪韓倩去音樂教室，但兩人就站在小徑起頭的白楊樹下。這時，天色完全暗黑了，小徑黑矇矇一片，周遭幾棵樹林、花草都平添幾許朦朧。

兩人正閒聊間，準七點，施柏南匆匆趕到了。

「幹嘛？人多壯膽？」施柏南笑了。

「我走了，你們去練習吧。」游玉秋也不多說，轉身就走。

施柏南和韓倩則往反方向走，雙方才踏出三、四步，忽然間三個人停住腳。一會兒，三個人一齊轉過身，面對面，側耳傾聽一會……一陣陣，似有若無的和湊樂聲傳來。

「妳聽到了？」游玉秋和韓倩雙雙開口，雙雙點頭。

「我也聽到了，搞不好是其他同學在練習。」施柏南口吻輕鬆的說。

「嗯，有可能。那兩位加油嘍，拜！」游玉秋點頭，轉身離開。施柏南和韓倩也轉身，往音樂教室去。

小徑昏黑、闃濛，施柏南小心翼翼的數度想扶韓倩，韓倩不著痕跡地躲開，她一在告誡自己：「不要！不要再陷進去！他有女朋友。」

隨著兩人愈走近教室，音樂聲也愈清晰。轉過小彎，兩人同時看到，音樂教室燈光大亮！還有，清晰的音樂聲，竟然是：貝多芬的小提琴奏鳴曲『春』。

這首，正是他兩人一再練習、彈奏的，準備參加競賽的曲目啊！想不到居然有人跟他們選擇的一樣？

傾聽了一會，正也是鋼琴和小提琴的合奏，喝！不但曲目相同，連樂器也一樣。

要知道，一但曲目撞曲，競賽會增加許多困難度，這、這……

真是讓人傻眼，兩人對望著無言。好一會，施柏南低聲說，也是說給自己聽：「如果真的撞曲，我們就換曲目，也是貝多芬的：降E大調第三號『英雄』，或是C小調

第五號交響曲『命運』。」

「來得及嗎？」

施柏南一頓，接著精神一振：「不知道，走，去看看到底是誰模仿我們，還霸占了我們的音樂教室？我可不允許發生這樣的事件喔！」話罷，施柏南大跨步往前去，韓倩猶豫一會，不得不也跟上去。

當兩人走到教室門口，發現門是上了鎖的。施柏南示意韓倩，韓倩掏出鑰匙打開鎖——正在這時，教室內的燈光，乍然突熄！既然來了門也開了，斷無退出之理，兩人走進去……

教室內一片昏黑，但還有些微光線，由窗戶透進來。

一個女生站在鋼琴旁，背向門，姿態是在拉小提琴。施柏南和韓倩輕輕走上前，鋼琴蓋是蓋上的，女生也渾然不動，可是一首奏鳴曲『春』，卻響徹整間教室裡。一面走一面緊盯著女生，他們同時發現，情況有點怪！

施柏南一度以為是錄音帶，但又不像。

猶豫間，已走近女生。韓倩看清之下，停住腳不敢再向前，臉色也變成青白色。她認出來了，是那夜讓她上吊的蘇韋容！

施柏南繼續走到她身邊，開口道：「妳是誰？為什麼模仿我們？」

話說一半，蘇韋容機械式，一動、一停的轉頭，與施柏南面對面！

兩人相距不及兩尺，施柏南清楚看到她，在瞬息間臉容變化多端。

原本是普通的女生臉，臉孔突然變得猙獰、紫色舌頭伸吐出來，還逐漸加長，搖晃著，往施柏南臉上伸過來。同時，整顆頭腫脹了一倍，現出憂苦表情，七孔流淌著血水。

施柏南完全來不及反應，臉上被舌頭沾舔，涼颼颼之感，從臉上竄入體內。同時，他腦際聽到淒厲的哀號鬼聲，聲音如針，就像要刺入他的腦袋、神經、骨髓。

說起來一長串，但其實都只是一瞬間發生的事，另一旁看得一清二楚的韓倩，忍不住尖聲狂叫。聲音喚醒了施柏南，他也大喊著連退數步，伸出手拉住狂叫的韓倩後衝了出去。

身後，女鬼追上來，還淒厲喊出震撼人心的鬼聲：

——不要走，你這個負心的臭男人，我不甘心，哇啊……

韓倩過度驚慌竟摔倒了，連帶拖倒施柏南，兩人摔成一堆，女鬼整個身軀，幻化成龐大鬼影覆蓋上兩人。

驚吒而慌亂的兩人掙扎了很久，最後，兩人渾身濕答答，四肢著地的連滾帶爬，爬出教室。

事後，施柏南和韓倩、游玉秋一起尋求傳言，才明瞭整個事件始末。

原來，前幾屆有一位同學——蘇韋容很有音樂天份，人也很漂亮，最喜歡這首貝多芬的小提琴奏鳴曲『春』。

蘇韋容是演奏小提琴，跟她同組配合演奏鋼琴的何基軒，兩人常配合一塊練習、演奏，後來蘇韋容愛上了何基軒，但何基軒已有女朋友。

兩人談判了幾次，蘇韋容始終得不到何基軒的感情，她異常沮喪。一天，蘇韋容在音樂教室拉了一整晚的小提琴，然後在音樂教室裡上吊而亡。

據那時的校工所述，當晚音樂聲，響到凌晨一點鐘左右，可是法醫鑑定結果，卻說她死亡時間是晚上九點鐘。

之後，音樂教室常發生怪事，據說不只是何基軒，連其他同學在音樂教室裡練習時，常常受到蘇韋容的鬼魂騷擾、驚嚇。

後來，何基軒轉學了，音樂教室才得以平靜了一段時日，想不到施柏南和韓倩一曲『春』，又把鬼魅引了出來。

5

榕樹下的焚童鬼

天還暗濛濛的，大約凌晨三點多，路邊刮起兩道陰冷寒風，旋轉復旋轉。

——姐！我痛，我怕，嗚……

——我也很痛。我們要忍耐。

——嗚嗚……嗚……

——別哭。看看，你哭了也掉不出淚。

——不然我該怎辦？看！我的手……我的身子，哎呀呀。

——所以，我在想辦法。

——……

——我們不該走上這條路……啊！我想到了。

——嗯？

——妳，跟定她就可以……

——跟定誰？

——看妳先碰到誰，就是她了。

——可是，我怕，我痛，很痛。

——跟定她，找上她，之後妳就不痛了。

——真的？為什麼？

——姐姐騙過妳嗎？這叫做「抓交替」。走吧。

一片闃默，寒風再度吹刮起來……

正在準備早餐的何美珠，打了個冷顫，探頭往拉了一半的鐵門外，左右看看，街道空曠無人哩！

「奇怪。」低語說著，她縮回身子，繼續忙工作。

剛剛，颳起幾陣寒風，隨著冷風，聽到了嘰嘰喳喳，尖銳無比的，像鳥叫；也像尖銳物刮著玻璃的刺耳聲音。

她確定就在門外的路邊，可是都沒人，不！連隻貓、狗都沒有啊！

不久，天亮了，上班、上學的紛紛出門買早餐，整個街道熱絡起來。這，就是陽世間一天的開始。

念小一的蔡秀英踏入校內大門，繞過正當中的圓形造景。

她的教室在右邊，彎過圓形造景進去的右邊通道，就是一整列的小一教室。

蔡秀英走道圓形造景的一半，忽然聽到有人呼喊她的名字，她轉頭望向聲音出處。

右邊是一株很老的高壯老榕樹，榕樹鬚藤有粗、有細，密密麻麻下垂著，因而使

得老榕樹底下非常暗，即使是現在早晨七點多，看來還是很陰幽。

看了好幾眼，蔡秀英才看到樹蔭下站了個班上女同學。

「方小茹！」

方小茹微一點頭。

蔡秀英走上前，童稚聲音透著滿滿的高興：「妳站在那裡幹嘛？還不快進教室？」說著，蔡秀英伸出手，方小茹略一猶豫，慢慢伸出手。

兩個小朋友就這樣，手牽手的一塊進教室去。

教室內，有一、兩位早到的同學，露出怪異眼光看著蔡秀英。

要知道，只有小一的孩童，即使看到同學舉止奇怪，通常都不會講出來，如果當事者不太誇大，他們更不會放在心上。

但如果是調皮的男生，或許就不一樣了。

蔡秀英經過坐在第一排的古志基，他忽然笑了：「哈，蔡秀英，看妳，拉著誰呀？小狗嗎？」

蔡秀英頓腳、愣了一下下，醒悟般的臉，轉望一下自己右手，甩了甩，轉頭看教室外面。

「妳好奇怪。哈！剛才走路還……」

「要你管。我跟方小茹一塊進來，她……」蔡秀英又看一眼教室外：「可能有事，等會兒就會進來。」

「有嗎？我根本沒看到方小茹。」古志基露出調侃笑容。

「有有有。我看你是大近視，沒看到我跟她牽著手。」說著，蔡秀英舉起手，突然發現她整隻手掌烏漆抹黑地，她嚇一跳，連忙甩甩手。哇！甩下一些灰黑屑，但她手掌上還是烏黑一大片。

落坐到座位，放下書包，她拿出紙巾，擦拭著。

上課了，老師邵雪蓮進來後發現有個空位是空著的，她翻開手邊座位簿：「誰還沒來？」

大家一同轉頭，蕭素月坐在空位旁邊，她說：「老師，是方小茹。」

「哦。」邵雪蓮點點頭：「是方小茹。她遲到了。」

古志基看一眼空座位，轉望蔡秀英，他看到蔡秀英也轉看方小茹的座位，臉上是不解神情。

「來！上課了。翻開第二十六頁……」

蔡秀英完全沒注意聽老師的課，腦中一直搞不懂，早上明明就碰到方小茹，還手牽手的進教室，她人呢？

上到一半，心思亂飛的蔡秀英突然瞄到教室門外有個影子，她定睛望去……

嚇！那不是方小茹嗎？

知道蔡秀英在看自己，方小茹木木然，向蔡秀英抿起嘴角。

向來膽子不很大，不太會主動跟老師說話的蔡秀英，突然叫道：「老師！」

「唔？」邵雪蓮轉望她：「有事先舉手，站起來說。」

同學們一齊回過頭，害的蔡秀英臉頰發燙，她站起來伸手指著教室外面：「方小茹在教室門口。」

邵雪蓮看一眼空曠的門口，攏起雙眉：「妳坐下。」

蔡秀英坐了下來，邵雪蓮又說：「沒有呀。」

「老師，我真的看到了。我沒有騙妳。」

邵雪蓮走下講台，到外面看了看，無意間低頭，看到地上有一灘非常明顯，灰黑、燒焦了的碎屑，她很快進教室，又回到講台上：「同學們有人看到方小茹嗎？」

大部分的同學都搖頭。

邵雪蓮有點不悅地：「不要亂說。方小茹如果來了，為什麼不進教室？」

「我、我真的看到了……」蔡秀英臉更燙了，聲音愈說愈低。

古志基舉高手，邵雪蓮指著他，他馬上起身，露出好笑表情：「老師，蔡秀英早上來就很奇怪了。」

「喔？」

在邵雪蓮鼓勵眼光下，古志基說出蔡秀英早上的異常舉動。

他說完，邵雪蓮要他坐下，不置可否，接著繼續講課。

就快下課時，忽然蕭素月驚恐的叫出聲。這又引得同學們，轉頭望過來。

邵雪蓮輕吸口氣，搞不懂今天早上的課為什麼如此不順？

原來，蕭素月莫名其妙地被一陣寒風掠過，然後，眼角餘光看到有一道模糊身影，可是，她轉頭正眼看時，完全沒看到什麼。就這樣，一再重複了五、六次之後，無意間發現怪事……

「怎麼啦？」邵雪蓮口氣很不悅，問道。

蕭素月猛然站起身，退向座位的走道上，臉現驚恐，發抖地指著她的鄰座：「老、老師，那、那裡……有奇怪的……」

邵雪蓮下了講台走過來，發現椅子上有兩坨圓形的烏黑碎屑，形狀很像兩坨圓形狀的屁股。

「早上來就這樣了嗎？」

「我不知道。沒看到。」

「還是妳沒注意到？」

蕭素月想了想，很像老師說的，她沒注意到。

「是有人惡作劇吧？擦乾淨，老師會查出來是誰。」

這時下課鈴響，邵雪蓮宣布下課，同學們則一股勁的跑來觀賞。

要知道，它——那種東西，想進入一個大空間，若沒有主人開口是不能進來，邵雪蓮剛剛說過：「方小茹如果來了，為什麼不進教室？」

就因她這句話，它，名正言順的進來教室了！

這些，是邵雪蓮事後才知道的。

次日，第一節課，邵雪蓮有事耽擱半個鐘頭，當她出現在教室時，班上鬧哄哄的。

邵雪蓮很生氣，叫班長喜來罰站，因為他沒盡到管制秩序。

班長翹起嘴，報告：「老師，不是我沒管好秩序，是同學們遇到的責任鬼了。」

邵雪蓮差點失笑，勉強忍住，裝得很嚴肅：「胡說些什麼？要推卸責任，也要找個好理由。

「報告老師，是真的！好幾位同學都看到了。」

於是，邵雪蓮要那幾位同學站起來，一一說出所遇。

第一位是洪惠珍！

一早，走進學校大門，她馬上被校園門口內右邊的一股波動的影子吸引。

她轉眸望去，看到那株老榕樹垂下粗、細的一列樹藤，在搖幌、波動。

她好奇停下腳，看呆了！今天清晨，沒有一絲風，老榕樹上又沒有人，怎會晃動？

一會，茂密的樹葉間，出現一個小小人影……

再來只見這道影子，瞬息間變得清晰，渾身上下都是火燄燒燙傷，坑坑疤疤，形成它臉容兇戾，尤其雙睛睜突、掉出眼眶外眼球，分外嚇人！

當洪惠珍張口要喊時，後面有人撞了她，她整個人往前傾斜差點跌倒在地，還好她身手矯捷的連忙站定了，轉頭看。是一位體型壯碩的五年級生，走太快撞到她了。

五年級生道個歉就走了，洪惠珍再轉望老榕樹，影子不見了，連樹藤也靜止不動了。

接著，另一位男生王同學。

他說跨進校門，走了兩、三步正要轉彎，繞過圓形造景忽然右邊衝出一個黑影，直直撞上來，還好他眼明腳快，急忙打橫、閃開。

人是閃開了，黑影比他矮一點點，居然穿透他……倏然間，他腰部、以及雙腿傳來一陣陰寒、冷冽，他不自覺打了個寒顫。

「喂！誰？」他開口想罵人，卻找不到任何人。

「嘻……」

哪來的嗤笑聲？他循聲望去，老榕樹下站著班上的同學──方小茹！

「耶，剛剛是妳？是妳撞我的嗎？」

方小茹手指伸在嘴角邊，啃咬著、搖頭。

王同學還想開口，猛然間看到方小茹手指、手臂，皮膚驀地轉紅、轉黑，緊接著皮膚剝落一片片往下掉，露出殷紅裡肉、青筋、血管參雜著流下血水……

「啊呀！小茹，妳的手，受傷了？是怎……」

說著，王同學眼神移望著方小茹，這才發現，方小茹小小臉蛋在剎那間，臉皮外翻、整片掉下，瞬時變成沒有頭髮，頭頂只剩三、兩根枯髮的骷髏頭！

說完，王同學臉都變得慘白、慘白。

還有一位，就是蔡秀英。

她踏進校園門，一眼就看到方小茹，方小茹抿著嘴算是打招呼，蔡秀英說：「妳很早嘛，幹嘛不進教室？」

——我等妳。

「妳又知道會遇到我？等我幹嘛？」

——昨天，謝謝妳。

「什麼？」

——謝妳讓我進教室。

方小茹說著，她身旁冒出個人，比方小茹略高。

「沒什麼，咦？」蔡秀英轉向另個人：「她是……？」

——我姐。方小雅。拜託今天先跟我去我姐的教室，好嗎？

「這個……她幹嘛不自己去？」蔡秀英看她制服上的名牌，是二年級。

蔡秀英說完，方小雅白皙臉孔乍然變成灰黑、烏黑，最後變成黑炭，一對眼珠瞪的圓鼓鼓，眼瞳凸出得掉出來。黑炭臉上，眼窩是兩個白眶洞，看起來讓人怵目驚心。

「呀！啊！」蔡秀英聲音卡在喉嚨裡，叫不出來，所幸她還能動，一轉身就落跑了。

幾位同學言之鑿鑿，就算不信，也會讓人起疑，加上第一節課都過了，方小茹竟然又缺課？

邵雪蓮在第一節下課後，回到教職員辦公室，翻開方小茹的家裡聯絡處，撥電話去詢問。

結果，電話沒人接。

接著，邵雪蓮又撥方小茹的手機，還是沒人接。

「奇怪？是不是家裡有事？要請假也得講一聲呀。」

無法聯絡方家，到了中午，用過午飯邵雪蓮沒有休息，跑到校門口仔細觀察那株老榕樹。當然，並未看出什麼端倪。她跟守門的警衛老伯閒談著，拐著彎探問，卻沒問出什麼。

當她轉身想回教室時，老伯突然喊住她。

「邵老師，妳有沒有發現，附近的老榕樹，枝葉特別茂盛也特別陰暗？」

邵雪蓮仰頭看了看：「現在是中午，算還明亮。怎麼？」

「我是聽以前老一輩長者說過，榕樹太陰暗了容易藏匿東西，不太好。」

「啊？藏匿什麼東西？」

「咦？老師不知道嗎？就是……壞東西。」

這會，邵雪蓮更不解了：「什麼壞東西？」

老伯眨眨眼，吞吞吐吐地說不出話，邵雪蓮忽然有些明白了，轉看老榕樹：「阿伯，你是說，這株老榕樹有鬼？」

「噯，我沒這樣說。只是我聽幾個高年級同學說，晚上下課經過時，看到樹頂上，有奇怪的人臉跟人影。」

「人臉？」邵雪蓮想起早上班上學生所言：「你也看到了？長怎樣？」

老伯搖頭：「我沒看到。聽他們說影子在樹上爬上、爬下，也沒看它攀樹、拉藤但動作迅捷。至於臉，有說是粉嫩孩童臉；有說看到發黑鬼臉；有說沒有臉的鬼影。」

「我們學校以前從沒聽說過什麼，你也不要亂講。」邵雪蓮義正詞嚴地板著臉。

老伯傻眼了，瞪大混濁雙眼，赫然地：「我也是聽學生說的。我的意思是，請老師向校長建議，樹蔭太茂密不好，應該請人來修剪一下。」

邵雪蓮點點頭，自顧回教室。

既然學生沒受到實質上的傷害，邵雪蓮不相信老伯所言，她工作很多也很忙，沒空繼續追查，這件事到此算是告個段落。

不過，邵雪蓮有空時，還是會撥打電話給方家，但是連著三天都沒人接電話。

直到第四天早上，方小茹的媽媽來找邵雪蓮。邵老師相當意外，請方媽媽到會客室坐。

「唉呀，我一直打電話，都沒人接。本想今天下課後，去妳家一趟。」

方媽媽雙眼紅腫的像核桃，未語，淚如河岸潰堤似的一發不可收拾。

「怎麼，怎回事？」說著，邵雪蓮拿出面紙遞給她。

兩個禮拜前，住在台北市昆明街的方媽媽就不斷跟先生抱怨，說：「老公，我最近這幾天，睡得很不安穩，一直做惡夢，醒過來也心驚膽顫。」

「怎麼會這樣？是不是太累了？妳做了什麼惡夢？」

「我……我也說不清楚，就是一大堆人在黑暗中，好像有間屋子濕答答地，屋內有一道黑影，看不清是誰。我只感覺這黑影，非常恐怖。」

「身體不舒服也會影響心理，看妳是不是感冒了？」

「沒有。這個惡夢連著幾天都困擾著我，害我睡不好。」

「既然這樣，我們到廟裡燒香拜拜。」

問題是，他倆夫婦在做生意沒有時間。因此，兩夫婦商量找個生意清淡的晚間，去燒香拜拜。

就在五天前的晚上，兩夫婦交代兩個女兒，功課寫完自己先去睡覺，因為明天還要上課。

由廟裡出來，先生肚子餓了，跟太太去吃宵夜。

吃完消夜尚未到家，就看到一大堆人、加上消防車停在巷弄口，議論紛紛。

兩夫婦下了機車，太太突如其來的驚聲大吼：「啊！呀！天、天啊！這、這就是我夢中看到的情景。」

說著，方媽媽衝向前撥開人群，仰頭看著樓上，黑忽忽的屋子，沒錯！正跟她的惡夢，完全一模一樣！而這間屋子的三樓，恰好是方家住宅。

話說回頭，在稍早，約兩個多鐘頭前……

夜空下，一道臭煙味飄散在空氣中，不一會兒，臭煙味夾雜著濃煙竄起老高。緊接著有人衝出屋外，紛紛尋找著……

「呀！在那裡！三樓！」隨著聲喊，鄰居轉頭望向巷弄內的三樓。

巷弄第一家公寓的三樓，隨著濃煙，夾著紅焰焰火舌，從屋內衝出陽台，愈燒愈烈。

「呀！有人！」

大家望去，陽台左邊角落，蹲縮著兩道緊緊相依偎著的小影子。

眾鄰人中，有眼力好的認出那兩個小人影，正是屋主兩個小女兒——方小茹、方小雅，分別就讀小一、小二。火舌愈來愈旺盛，有人急著打電話報警，其他許多人都齊聲大喊，叫她倆姐妹趕快往下跳。

有人企圖衝上三樓，但被濃煙擋住；還有鄰居大聲叫，說會接住她們兩人，要她們趕快往下跳。

樓下亂惶惶一大堆人，就是無法抵擋火焰，而她倆姐妹硬是不敢往下跳。僵持間，火焰燒到兩姐妹小小的身軀，眾人眼睜睜看著她倆姐妹被火舌吞噬，燒成焦炭。

不久，消防車鳴笛而來，只可惜還是慢了一步。

聽完方媽媽的敘述，邵雪蓮也哭紅了雙眼，剎那間，她明白了。為什麼三天前的早上，蔡秀英看到教室門口的方小茹；為什麼教室門口地上有一灘非常明顯，灰黑、燒焦了的碎屑；為什麼，蕭素月隔壁座位上會有一堆灰屑……之後兩、三天清晨，同班同學陸續在校內老榕樹底下都遇到了方小茹，以及她姐姐！

「小茹是個用功的好孩子，她……」邵雪蓮聽得心都碎了，擦著淚斷續說：「一直、一直很想來上學。」

方媽媽捂住胸口，怕是她的心臟，快負荷不了：「她倆姐妹，死的冤，她倆還徘徊在附近，不願意離開。」

接著，方媽媽告訴邵雪蓮，她家附近一間早餐店的事……

在昆明街做早餐的何美珠老闆娘，經營早餐店將近二十多年，目前還繼續在做，她每天都要摸黑起早的準備。

火災過後的第二天清晨，三點多，天色還是黑的，老闆娘習慣把鐵門拉開一半，在屋裡準備食材。

工作到一半，鐵門外，掃起陣陣寒風，使的鐵門發出轟隆響音。接著，她聽到嘰嘰喳喳，尖銳無比，像鳥叫也像尖銳物刮著玻璃的刺耳聲音。

她可以確定就在門外，可是，探頭看看，並沒有人。

有點不太明白是怎回事？她回頭繼續工作，忽然，外面傳來怪聲：「嘎唰——」那是塑膠椅子，被人推動在地上發出摩擦聲響。現在是清晨三點，聽起來格外刺耳。

剛開始，她沒注意。這聲音，她其實很熟，在白天、或下午，鄰家小孩常在騎樓下玩推椅子遊戲。但，時間不對，這一大早怎會有小朋友在推著塑膠椅？

她覺得很奇怪，好奇的走近鐵門、蹲下身，往外望……

唔？騎樓下空空地，不但啥都沒有就連聲音也戛然而止。

她搖搖頭，想說：我聽力有問題？還是我老了？

抽身回店內，她繼續切著土司麵包邊緣，準備做三明治。聲音又響了，似乎從隔壁騎樓，直直推著往她的店門口而來；在此同時，傳來一陣陣嬌脆、稚嫩的女孩笑聲。

「嘻嘻……」

「呵呵呵……」

這時，一個念頭猛然衝進她腦海裡！

這聲音，正是不遠的另一邊巷弄內，第一家公寓三樓樓上方姓兩姐妹的聲音？

之前，方家父母要做生意常不在家。兩姐妹方小茹、方小雅一起下課回家，都會在騎樓下玩耍，推塑膠椅奔行在騎樓下。

有點雞婆的何美珠，以前都會催兩姐妹，不要玩，趕快回家做功課。

昨天晚上，不是發生火災，燒死了兩姐妹嗎？那麼剛剛聽到的，是她倆姐妹的亡魂，亦即說，是鬼尖銳的說話聲？

想到這裡，何美珠心中起了疙瘩，握在手中的刀子，顫抖著切不下去。

「嘎——唰——」

這時候，推摩椅子聲響以及嬌脆笑聲更近也更響了，就在隔壁——快到她的店門口了！

她手抖、心口震顫，慌措間她丟下刀子，轉身迅快無比的衝入一旁的地下室。

一樓是店鋪，她一家人就住在地下室。

連著幾天清晨，都發生同樣的情況。即使她不敢拉開鐵門，還是會聽到推拖椅子、以及嬌脆笑聲。因此，之後她早上起來準備材料，總是叫先生陪伴，否則就是關在屋內工作，等天色大亮了，才拉開鐵門。

邵雪蓮只簡單跟同學說方小茹和她姐姐方小雅不幸去世的消息。

同學們聽了，全都哭紅了眼，整間教室都是吸鼻子的抽泣聲……

過了幾天後的下午有一節游泳課，教練老師指導大家，做過暖身操說明該注意事項，指導同學泳技，最後才下令解散。這時，教練老師忽感到雙腿怪怪的，他低頭望去，一團小小烏黑子影潛在水中，兩隻小手抱住他的雙腿。

老師吃一驚，伸手去撥人影卻撥了個空，可是烏黑影子看得很清晰，雙腿被抱住的感覺也很真實呀！

老師連忙上岸，看到被抱過的兩隻腿都瘀青了。

同學們仍各玩各的，有的上岸有得玩互撥水，有的游泳，有的……

洪惠珍、蕭素月一塊玩著，好一會兒洪惠珍上岸，蕭素月也想上岸，卻感到腳踝被人拉住。她回頭看不到人，以為是哪個同學惡作劇，便又下水等待著惡作劇的同學浮上來。

人總無法一直待在水裡吧！

但是，等了很久、很久，居然等不到有人浮上來，蕭素月索然無味的轉身，想爬上岸，就在這時，腳踝又被人拉住……她迅速轉頭，就在不遠處的水底下，她看到一縷灰黑小影，快速的游移在水底下。

「呵！被我抓到了。」蕭素月高興的說著，很快追上去。

蕭素月一意追趕著，忽略了水底愈來愈深，等她警覺時已經來不及了。她踩不到底，掙扎著想退回淺處。就在這時，水底那縷灰黑小影游近她，一把拉住她的腿，往水深處拖。

才幾步路，水就淹到蕭素月半張臉，她踢著腿：「放開！放、放開……我！」

她才張口，口鼻就灌滿水，話說不清楚，當然，也沒人注意到她。

很快的，蕭素月沈溺在水裡，她呼吸困難，掙扎間，看到拉她的居然是蔡秀英！

蕭素月伸手跟蔡秀英互相推拉著，忽然蔡秀英裂嘴笑著：

——好熱！我熱得受不了，來！跟我到水底，這裡涼快喔。

蕭素月無法呼吸也無法說話，猛搖頭拒絕，跟蔡秀英拉扯、掙扎之際，動盪的波水波，使蔡秀英臉容變了……她不是蔡秀英，赫然是方小茹！

然後，方小茹臉色開始變灰、轉黑，焦炭似臉皮，連同脖子、身軀、雙手的皮，急速地一一剎落。

人在極端驚恐之下，為了生存，會激發出潛能，雖然踩不到底，但蕭素月猛烈踢動著雙腿，人間歇的冒上水面。冒出一次，她就狂吼驚叫一次。

終於，有同學發現她載浮載沉趕快跟老師報告，很快的，老師游近蕭素月，把她給救了起來。

窗簾拉開，房內頓然明亮起來。婦人霹靂啪拉的數落著：「妳這死丫頭，不寫功課在幹嘛？弟弟哭了也不照顧一下？」

蔡秀英嘟起嘴，輕聲說：「媽，我同學來找我玩啦。我們正想一起做功課，弟弟就很吵啊！」

「妳同學？在哪？」婦人原來是蔡媽媽，她眨巴著眼。

這時，小男孩已止住了哭聲。

「妳一來，她們就走了啦！」

走了？蔡媽沒記錯，剛剛根本沒有人來，也沒看到半個人離開她們家。

「好了！好了！趕快去寫功課，弟弟也照顧一下。我去準備晚餐了。」

晚飯時，讀國中的姐姐回來了，一進門她就不斷嗅著鼻子，蔡媽不解的問：「怎麼了？鼻子不舒服？感冒了？」

「哪是，媽，你們沒聞到嗎？家裡怎麼有焦味？」

蔡媽跟著吸吸鼻子，起身踏進廚房，以為是廚房，瓦斯火沒關妥。

不一會，她又走出來，瞪著秀英姐姐：「胡說什麼，晚飯都煮好，廚房火也關了，我看妳鼻子有問題。」

接著，爸爸也回來，一進門就大聲問：「喂！是怎樣？家裡很臭呢。什麼東西燒焦了？」

「嘿！就是，媽我沒亂說話吧，爸爸也聞到了。」秀英姐姐接口說。

蔡媽和蔡爸爭執不下，蔡爸查遍家裡所有的地方，最後他進入秀英和姐姐共用的房間，說：「唔？這裡味道最濃！」

可是，檢查一遍，什麼都沒發現。小男孩也湊興的走向姐妹兩人房門口，卻不想進去，等大夥出來時他拍著胸口，直嚷：「怕怕，怕怕。」

晚上，睡到半夜迷糊間，秀英姐姐被濃烈的臭煙味給嗆醒過來。她睜開眼睛，忽聽到低喃細聲：

——不要怕，快點……很好玩喔，妳試試看。

有說話聲？剛開始，以為是妹妹秀英，但她發現這聲音非常陌生。她揉著眼皮，起身尋找著。書桌旁角落地上，有悉簌怪聲發出來，她轉眼看去，三個小身影蹲踞著，秀英姐姐偏頭，看不出那是誰。

正想出聲問時，其中一個略大些的身影，轉頭望過來。藉著窗口暗幽的微光，只見那張小臉烏漆抹黑，兩隻火紅眼睛，眼瞳特細，露出兇戾光芒死盯著她。

秀英姐姐嚇一跳，張著嘴朝後退一大步，就在這時，「嚓！」一聲，火光一閃，瞬即燃起一股火，並發出濃濃臭煙味。

因為火光，清晰照出蹲著的三個人，一個是秀英，拖著長長身影，但她雙眼是緊閉著的。另兩個，沒有影子，全身烏黑，在火光一閃之際乍然化成一股黑霧，憑空消失。

「哇呀——」秀英姐姐嚇一大跳，揚聲大叫。

不一會兒，蔡爸、蔡媽衝進房來七手八腳把火撲滅，好在火勢不大，加上發現得早，沒有釀成大災。不過，秀英捲縮著躺在書桌旁地上，衣服、手臂也被火灼了一大片，還燒了幾本書，書桌一角都燒焦黑了。事後，蔡爸、蔡媽問秀英，她說她也不知道怎回事，依稀記得她同學來找她玩，好像有跟她說話，其他都忘記了。

蔡媽問：「哪個同學呢？」

秀英說：「就我同學方小茹，還有她姐姐方小雅。」

「方小茹？」蔡媽板著臉，臉色鐵青。

秀英點點頭，她姐姐忽然大聲道：「亂講！為什麼要說謊？她已經死了，哪可能來……」

「妳怎知道？」蔡爸問姐姐。

「爸，你都沒在看新聞？」

接著，秀英姐姐說出前幾天××國小，兩姐妹被火燒死在自家三樓的新聞，說完，蔡媽也點頭：「對了！有、有。上個禮拜，秀英回家跟我說過，說老師告訴他們，有一位同學死於火災。」

秀英姐姐，瞪著秀英，發怒道：「既然是妳同學，妳不會不知道吧？為什麼還聽她的，點火燒我們家？」

秀英囁嚅著，不敢說話，她也不知道自己做了什麼。

「妳想害死我們全家啊？妳太過分了！」秀英姐姐得理不饒人的斥罵著秀英。

只有蔡媽知道秀英有問題。當天，她帶著秀英，去廟裡燒香、求平安符。之後，蔡家總算平安無事。

但是，學校卻依然有事，據說一大早到校的同學，都會在校門口的老榕樹下看到兩姐妹。她倆現出的樣貌，據看到的人說很難看，超恐怖。

眾人言之鑿鑿，加上陰森、幽暗的老榕樹，很容易被那東西依附，尤其是意外亡故的冤魂。

許多家長和孩童嚇壞了，傳聞愈來愈廣，連校內老師也遇到過。後來，校方請工人，把校內所有的老榕樹一齊修剪、去掉枝葉，並且把學校隔牆整個重新建構。

聽說，從這之後，就再沒有傳出什麼鬼誕異聞。

如果你走一趟這間歷史悠遠的學校，會發現它已經煥然一新。

6

鬼在對面教室

下課了，念夜間部的同學們，一窩蜂出教室，走到停車廣場各自找自己的機車，準備回家。

杜明翔跟其他同學們一樣，跨上機車，準備發動。

「喂、杜明翔！等等我。」同班的陳曉玫追上來，喘著大口、大口的氣。

杜明翔看她一眼，等她下文。

「你、你……」

「幹嘛？想搭便車？」

陳曉玫搖搖頭，拍拍胸脯，等了好一會，才開口：「你今天可、可以不要走『泰林路』嗎？」

杜明翔笑笑，回說：「我幾乎天天都走這條路，這是回我家必經路徑，哪可能不走這條路？」

「不是啦！」陳曉玫思索了好一會，又說：「剛進來時，教官不是一再交代過，騎車小心，山路很陡峭，尤其泰林路彎道很多，非常危險。」

「我知道，我會小心，謝啦！」話完，杜明翔發動機車。

陳曉玫拉住他的機車把手：「等一下啦！」

杜明翔眼露奇怪表情，望著她：「幹嘛？妳今天很奇怪喔。」

「我是好意，關心你。」

「謝啦！妳再繼續說下去，會更晚、更危險，瞭嗎？」

「呃！」

他說的對，陳曉玫只得放開手，目送杜明翔騎出校門口。

由學校下山有很多條路徑可以走，但是杜明翔走慣了，自認為對山路彎道很熟悉。再說，繞路得多費半個鐘頭以上，不想這麼麻煩。

站著發呆的陳曉玫，肩頭忽然被拍了一下，她微吃驚，雙肩震顫了一下。

「校車快開了，妳還不上車？」是她的麻吉——李文琴。

「哦。」收回視線，陳曉玫和李文琴轉身，向校車方向去。

她倆不會騎機車，向來以搭校車為主。車上，陳曉玫一望著窗外，默然無語。

「喂！妳今天真的有點怪。」李文琴撞著陳曉玫臂膀。

陳曉玫回過神，淡笑。

「我猜……該不會是妳對他……」

「唉唷！我的天啊，妳想哪去了？」陳曉玫無端紅透臉，作勢欲槌李文琴。

「喂！停、停，不然妳說說看，什麼時候開始關心他來了？」李文琴拉住陳曉玫的手。

「同學！是同學間的關心，知道嗎？」陳曉玫抽回手，一臉正經。

「嗯？」李文琴歪歪頭：「記得以前，妳從沒有發揮過同學間的關心。突然這麼關心他，當然讓人起疑嘍。」

陳曉玫忽地靜下來。

「看吧，默認了？」

微張著小嘴，忽地頓柱，想想，搖著頭，陳曉玫才說：「唉，算了，不說了。」

「喔？連我都不能說的祕密？」

「妳到底有完沒完？不是這樣的啦。」

李文琴正眼仔細看陳曉玫的臉，這讓陳曉玫更不自在了。

「哈，」李文琴閃閃眼：「可是妳今天這種態度，不要說我，就算是別人鐵定都會起疑的。」

忽然，巴士大轉彎，沒地一頓又緊急煞車，搞得車內乘坐的同學七倒八歪。

陳曉玫的心一震之餘，立刻轉望車窗外。

等車穩定，繼續開下山了，陳曉玫爽然若失地、輕聲道：「看吧！山路很彎，很危險的……」

第二天晚上……

上課時間到了，老師尚未進教室，班上同學談話、吃東西，一片亂哄哄。

陳曉玫看到杜明翔低頭，坐在最後面、最僻靜的角落。

通常，那個位置很少有人會坐，因為上課人數不多，大家都集中坐在前面。陳曉玫走向他……當快接近杜明翔時，陳曉玫看一眼教室門是關上的，應該沒有風，為何這裡冷颼颼地，她沒來由的起了雞皮疙瘩。

就這一愣間，陳曉玫發現怪事！

杜明翔的身軀，突然呈透明狀，只看的到線條……但剎那間，他又恢復原狀。

陳曉玫拍拍頭、揉一下眼，走到離他約三尺左右，腳步竟然無法跨上前，她抬腳試了兩次都是一樣，腳前面好像有一面無形牆，堵住了她的去路。

算了！

陳曉玫看一下地上，又抬頭，揚聲：「杜明翔！杜明翔！」

喊了幾聲，杜明翔緩緩抬起頭，或許是因為晚上教室燈光的關係，他臉容非常暗，黯淡中帶著青灰色。不過，陳曉玫沒注意，含笑的問：「昨天回去時沒事吧？還好吧？」

杜明翔雙睛木木然，詭詭的牽動嘴角，似乎要笑，看來卻像在哭：「當然有事，但……我很好啊！」

「嗯。沒事就好啦。」

說完，陳曉玫正要轉身，杜明翔忽然又開口，但有兩道聲音，很像高、低音混雜，形成一股怪異聲響：「妳為什麼不、不早告訴我……」

「什麼？」陳曉玫驀地轉向他：「你說什麼？」

可是，杜明翔一直低著頭，看起來，好像根本沒開口似的。

陳曉玫問了三次，他都沒理睬，依然低著頭，陳曉玫以為是自己聽錯了，這時，老師進教室來，她很快退回自己座位上。

第三天……

上課時間到了，耽著心事的陳曉玫，一直注意杜明翔的座位，竟然是空的？

老師進教室開始上課了，陳曉玫都無法聽進去，偶而會轉頭，看……

咦？杜明翔在他自己座位上了！

他，何時進教室？啊，可能是老師進來後，才偷偷溜進來吧？

原來，遲到了。

陳曉玫牽動嘴角，對自己笑了笑，這才開始專心聽課。

終於下課了，陳曉玫收拾好轉頭一看，嚇！杜明翔座位上是空的？

他已經溜走了？這麼快？不過，只要他平安就好。

說真的，以前自己都很平常的看待所有的同學，那一天是因為……有不能說的禁忌呀！

因為禁忌，只好提醒他，不料這時，好像添加了幾許……不該有的關心了！

下課了，陳曉玫習慣性跟李文琴一起去搭校車。

「喂！我看到妳一直在注意杜明翔。」李文琴不甘寂寞地說。

「真服了妳，上課不專心……我哪有注意他！」

「放心，我會保守這個祕密的。」李文琴要笑不笑表情，還有意放低聲音，聽起來更平添幾許曖昧。

「少來。有一天妳會明白的啦。」陳曉玫說到此，就不願意繼續談下去。

連續幾天，陳曉玫注意到都是這種情形，就是杜明翔上課後才進教室、尚未下課，就先溜了。

這一天，一進教室陳曉玫就被李文琴攔住：「妳知道不知道杜明翔的事？」

「怎樣？」陳曉玫搖頭。

「他……」李文琴尚未開口。

郭宏賓湊上前，口吻焦慮地：「曉玫，我聽文琴說，幾天前妳跟明翔說了些話？」

郭宏賓是跟杜明翔是麻吉。

陳曉玫臉孔微微發燙，瞪一眼李文琴，李文琴連忙搖手：「我沒說什麼，我只說妳曾跟杜明翔說幾句話而已。」

陳曉玫轉望郭宏賓，郭宏賓問道：「他跟妳說過什麼嗎？」

陳曉玫搖頭：「沒有。前些天我跟他說，請他騎車小心一點。」

「妳知道不知道，為什麼這幾天他都沒來上課？」

「咦？」陳曉玫轉望一眼偏僻角落，空空的座位，接口道：「不對，他都有來學校呀。」

「亂講！」郭宏賓數了數：「昨天、前天、大前天，已經三天了，今天是第四天，他都沒來，我撥他手機也沒回，是怎樣？」

但是，前些天，陳曉玫明明看到他坐在最後角落座位，大前天還跟他說過話。

兩個人爭論不下，急性子的郭宏賓找來幾位同學，以證明他是正確的。

同學們有同意他說的，卻也有人說沒注意到。

正談論間，另一位跟杜明翔不錯的同學——胡信村走了過來：「宏賓說的沒錯。我也是三、四天沒看到杜明翔，我跟他都一起騎機車下山回家，這幾天都沒遇到，正奇怪他是讓你載下山？還是坐校車下山。」

「沒有呀！」郭宏賓一口咬定說。

這時，上課鈴響，大家各自回座位。

感到最不可思議的是陳曉玫，但是同學裡除了大多數人沒注意之外，沒看到杜明翔的人居然有八、九位，看到杜明翔的卻只有她一個人而已。

她問李文琴，李文琴說她只注意到陳曉玫不斷往後看，她並未回頭看杜明翔，因此也不知道杜明翔是否有來上課。

還真是懸案啊！

陳曉玫無聊的看著手錶，快下課了。抬頭側臉，轉眼赫然看到對面暗黑的教室窗口，出現兩個人……一個是杜明翔，另一個是王燕妮。

「啊！」驚詫的忍不住出聲，低叫了出來。

老師轉向她，看一下座位表，推推眼鏡，叫：「陳曉玫，迫不及待想下課了啊？怎麼？有約會嗎？」

全班哄然大笑，陳曉玫紅透雙腮，立刻站起，指著側面窗外說：「老師，我看到

我們班的同學——杜明翔在對面教室。」

聞言，所有的同學全都轉望側邊窗口，看著對面的教室。

老師整張臉都綠了，不出聲，低頭看著課本，自顧自的講課業。

陳曉玫悻悻然，坐下去。

好不容易下課了，同學們圍過來，七嘴八舌的討論著。

大夥一致說，對面教室是空的根本沒有人在上課；有人說陳曉玫看錯了；有人叫陳曉玫回去要去燒香、拜拜……

雖然辯不過同學們，陳曉玫卻很肯定自己的眼睛，她大聲道：「有日間部同學，在對面教室上課吧？」

靜止了一會，有人低聲說：「只限於日間部同學而已。晚上，沒人會去那棟教室。」

「那是因為夜間部同學不多，不必使用到對面教室。」陳曉玫接著說。

同學們嘰嘰喳喳，莫衷一是……

「我明明就看到杜明翔坐在那裡！不必再討論了！走！去求證。誰願意跟我去？」

陳曉玫大聲說著，眼光掃過眾人。

所有的同學們，頓然靜止了。
不知道誰小聲說：「那麼暗，搞不好有……鬼。」
陳曉玫指著那位同學：「原來是膽小鬼。」
「才不是！我聽說過那棟教室不乾淨，尤其是晚上。」
「亂講，我還認識那棟教室的一位學姐：王燕妮。」
說著，陳曉玫眼光閃過郭宏賓、胡信村，最後停頓在李文琴臉上。
「馬上去、馬上回來。絕不會耽誤下一節課。走吧，去冒險順便找人。」
看在麻吉份上，陳曉玫等四個人迅速走出教室，折向對面棟二樓教室。
四個人走後不久，班上同學們都趴在窗口，瞪大眼直盯盯注視著……
再說他四個人，迅速繞向對面棟，小心登上二樓，周遭一片漆黑。
就在第二間，四個人先由窗口，望進去……暗黑的教室裡，藉外面燈光可以看到裡面一個個的座位。
為了證明自己沒看錯，所以陳曉玫最是心急，入目之下，她首先低呼道：「啊！看到了沒？杜明翔在那裡。」
其他三個人左瞄右看，李文琴問道：「哪裡？我怎沒看到啊？」
兩個男生一樣沒看到，努力睜大眼睛尋找著……

「有沒有？最邊邊，靠窗那排，第五個座位就是杜明翔，王燕妮坐在他後面。」

靠窗那排的對面，正就是他們原來的教室。對面擠滿了同學們正盯著這裡。

由於看到人了，陳曉玟更理直氣壯，說完她轉身朝門口走，伸手打開教室門。

聽到曉玟的話，其他三個人一齊望過去……果然，是看到兩個黑影坐在曉玟說的位置上，可是當他三個人、六隻眼望過去時，黑影緩緩轉頭看過來……

看不清楚黑影是誰，一片黑暗中，熠熠閃著略紅、陰幽的四道眼炬對上了他三個人的眼睛！

瞬間，三個人渾身一震，寒毛直豎！

來不及阻止陳曉玟，她已經推開教室門，還喊陸續喊他三個人的名字，被點名的先走，陸續走進教室。

潛意識感到有些不對勁，可是三個人卻又身不由己，彷彿有一股無形力量牽引著他們。

所以，說起來，他們三個人是七分被迷，三分還算清醒的。

郭宏賓走在最後面，他抬手按下電燈開關！教室倏地大亮，但只亮了一秒立刻熄滅，整間教室反比之前更暗。

陳曉玟原本往窗邊走，這一亮、一暗，讓她眼睛反而花了，不小心碰撞到桌子，整個人趴跌在地。

走在曉玫後面的，依序是李文琴、胡信村，絆到陳曉玫，也跟著趴跌、摔倒了！

燈光乍暗，郭宏賓沒有動，聽到一陣陣摔倒聲音，他回身望過去。

這一望，整間教室都在他視線範圍內，因此，他清楚看到教室中的一切……

首先，映入眼裡的是杜明翔！

杜明翔抬頭，側臉看著郭宏賓，郭宏賓繞過摔倒在地上的三人，高興的向他走過去，叫道：「嘿！你怎麼在這裡？剛剛陳曉玫在說，我還不相信。」

杜明翔沒有表情，也不見他開口，郭宏賓卻聽到他說：

——她……害……我……

「誰，誰害你？害你什麼？誰害你？」

——嗚……，是她……

「你說誰？陳曉玫嗎？」

郭宏賓隨便猜測著。同時，他愈走愈接近杜明翔。

摔倒的三個人已經狼狽地站起來，胡信村突然高聲叫道：「宏賓！不、不要過去！

那不是杜明翔！」喊完，胡信村很快就跑向門口。

叫聲喚醒了郭宏賓，這時他已站在杜明翔面前，赫然發現面前的杜明翔，頸脖歪曲往一邊斷成九十度，臉容四分五裂，他伸出血跡斑斑的手抓向郭宏賓，郭宏賓大驚之下回身想跑，豈料褲管被拉扯住，他這會才出聲大吼！

「放開我！放、開……」

鼓起全身力道奮力往前衝，他是鬆開拉扯，但才跑一步褲子往下掉，害他絆倒了。

原來是桌邊突出的一支掛勾，莫名其妙勾住了他腰帶。

為什麼桌邊會出現掛勾？更是莫名其妙。

郭宏賓又怕、又急、又窘，拉緊褲頭往教室門跑，跑到一半，剛好迎上跑在最後的陳曉玫。

「快！快跑！」

這樣喊著的郭宏賓，伸出空著的一手，拉住陳曉玫的手繼續跑向前。但是，郭宏賓只覺這隻手寒澈骨，還硬綳綳的感覺不到血肉的溫度。

奔了幾步，他驀地回想……

剛剛，看到陳曉玫，不只是只有陳曉玫，有一道黑影，疊在陳曉玫身上，又沒有疊妥，變成黑影和陳曉玫的身體，交叉重疊著。

黑影是……郭宏賓側轉頭，看到握住的手赫然是一隻骷髏手。他吃一大驚，狂叫一聲，用力甩掉那隻手。

就在同時，郭宏賓耳朵聽到陳曉玫摔倒在地的聲音。可是，郭宏賓無法顧及陳曉玫了，仍繼續跑，快接近教室門口時，一個人從右邊平直的滑行移到教室門，擋住郭宏賓。

右邊是無法容人的牆壁！

而這會兒，胡信村和李文琴都已經跑出教室外，郭宏賓猛然煞車，心中的惶急自不在話下，狂冒冷汗卻又無可奈何。

他看到面前是個陌生的女生，它徐徐抬頭、徐徐張眼，眼睛沒有瞳孔，只有眼白。摔倒又站起來的陳曉玫，忽然出聲道：「王燕妮！」

郭宏賓親眼看到面前這人，不到一秒間幻變成一個正常的女生，她僵硬的牽動嘴角，詭詭笑著看著陳曉玫。

只聽陳曉玫興高采烈的說：「郭宏賓！她就是王燕妮，是她告訴我，要我轉告杜明翔，下課回家不要走『泰林路』。」

「嚇！」郭宏賓臉色發白無法接話，只能一步步的退，退到陳曉玫旁邊。

「郭宏賓、陳曉玫，還不快出來？」

是胡信村，他躲在教室外的走廊，勉強壓低著的聲音，透著驚恐卻又不能不顧慮同學。

郭宏賓猛吞著口水，不敢出聲回應，怕它——王燕妮聽到了。

「快出來，我們要走了。」胡信村說著，傳出漸漸遠離的腳步聲。

是很想快跑掉，但王燕妮擋在門口哩。

陳曉玫嘰嘰喳喳跟王燕妮說著話，郭宏賓卻都聽不懂。他的手，冰冷又顫抖著悄悄拉住陳曉玫，想暗示她快點離開。

接著後面幾句，郭宏賓總算聽清楚了。但也只限於陳曉玫的說話聲，就好像是她在自言自語似的。

「我剛剛看到杜明翔耶，他在這裡嗎？什麼？走了？去哪？我們幾個同學要找他。啊？去他家找他呀？唔好吧，我知道了。謝謝妳嘍，掰掰。」

聽著陳曉玫的說話聲同時，郭宏賓眼角瞄到那個叫什麼王燕妮的，居然從下往上逐漸的消失，最後整個人幻化不見了。

郭宏賓感到自己快昏倒了——如果再多個五分鐘，他肯定自己一定會暈厥。

「啊！走吧。」陳曉玫的聲音，傳入郭宏賓耳中，彷彿是一道救命符，他整個人頓然活躍起來，邁開腿沒命似的衝出教室，奔下樓。

跑在最後的陳曉玫，揚聲大叫：「耶！等等啦！宏賓、胡信村、文琴，等一下啦！」直跑到自己教室樓下，他們三個人才停步。等曉玫走近了，全都驚魂甫定的看著她。

「你們都忘了我們的目的？」

「什麼？」

「我們不是要找杜明翔嗎？」

郭宏賓整張臉白慘慘的，胡信村和李文，琴也好不到哪去，都沒人回曉玫話，只聽曉玫又說：「你們有看到杜明翔在教室裡面吧？」

「怎麼啦？你們是怎回事？」

三個人表情不一，有搖頭、有點頭、有沉默……

「妳見鬼了還不知道嗎？」郭宏賓話聲虛弱地：「我看到的應該不是杜明翔，他還跟我說是妳害他。」

「亂講！我害他什麼？」

幾句話功夫，四個人已經進入教室，只聽陳曉玫繼續說：「王燕妮告訴我，要我傳話給杜明翔，叫他下課不要走『泰林路』，喂！我這是在幫他耶。」

另三個人回自己座位都沉默不語，也許是被剛才的事嚇破膽了。

另一位林同學走近陳曉玫：「妳確定……是王燕妮跟妳說過話？」

「嗯！」陳曉玫用力點頭：「怎樣？妳也認識她？」

郭宏賓、胡信村和李文琴一齊看著林姓同學。

林姓同學倏然變臉，猛搖雙手：「不不不！我是聽說……」

郭宏賓立刻接口：「聽說什麼？」

支吾了老半天，林姓同學才說出……

她姐姐就讀本校的日間部，已經畢業了，曾告訴過她，前兩屆、還是前三屆，有一位女同學，因為感情的事看不開，隨身帶著砒霜，在最後一次跟男朋友談判破裂後，心情非常沮喪，下課時，同學都走光了，她在教室裡面吞下整包砒霜。

「聽我姐說，王燕妮自殺而亡的教室就是對面那一間！」

郭宏賓感到心臟快停止了，林同學的話，證明他剛剛遇到的，的確是鬼！

重要的問題，是杜明翔到底怎樣了？

郭宏賓無心上課，猛打杜明翔的手機，他都沒有回應。

郭宏賓決定去找杜明翔，但他白天要上班，下了班趕著上課時間有限，便約了胡信村、陳曉玫、李文琴，這個週末去杜明翔家。

只是還不到週末，老師就向同學們宣佈了一則不幸的消息：

六天前，杜明翔下課後，在騎機車的回家路上跟一輛對向卡車相撞，亡故了！

陳曉玫算了算，六天前正是她向杜明翔提出警告的那天呀！

陳曉玫紅腫著雙眼，向郭宏賓說：「你看，王燕妮真的想幫忙杜明翔，可惜還是逃不過劫數。」猛吸著鼻子，她又接口：「就算她是女鬼又怎樣？她是好心的鬼啊！」

郭宏賓不答話，好心是一回事，但畢竟是鬼，試問誰敢跟鬼打交道？

胡信村、李文琴也是心裡怕怕，回想他們那天一起闖對面教室，真的向天借膽。

原本約好週末去杜明翔家，這會兒變成去給他上香了。

明天就是週末，他們四個人心情都很低落，上課也了無心緒。尤其是陳曉玫，很後悔為什麼沒跟杜明翔說清楚，雖然事實上，她也不知道事情這麼嚴重，因為王燕妮並未跟她說明白！

老師上課說些什麼，陳曉玫都沒聽進去，只顧長吁短嘆，忽然一轉眼，她無意中看到對面教室窗口有東西在晃動！是玻璃窗的反射嗎？還是？

她低著頭，悄悄又快速的按著手機，把訊息傳給其他三個人。

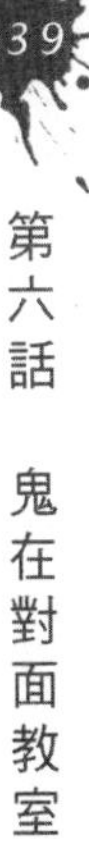

不一會兒，另三人都收到了，跟陳曉玫以眼神交會後轉眼觀察對面。

真的！對面教室，有人。不！應該說……有鬼！

四個人、八隻眼睛，共同確認過後，再傳訊息，寫著：是王燕妮和杜明翔，兩個人坐在同個位置上。

大家都驚詫的無以復加，不知道該怕？還是該驚？

還有，為什麼杜明翔會跑到對面教室？還跟王燕妮在一塊？

李文琴傳訊息問大家，要不要把這件事，報告老師？

商量一下，決定就告訴老師。老師、眾同學們聽了，全都轉頭望向對面教室。可怪了，這時對面教室一片黑暗，不要說人，就連個鬼影子也沒。

老師滿臉不悅，聲音嚴肅：「上課不專心聽講，妖言惑眾啊？小心我把你們這科當掉。」四個人滿臉塗灰，不得不認真上課。不過陳曉玫三不五時，還是會偷瞄對面。

下課了，大家準備回家，四個人一齊往外走，一面討論，為什麼會看到杜明翔？

杜明翔在那裡幹嘛？無解！

郭宏賓騎著機車，一路往山下而去。

騎到一半，機車沒來由的一頓，他突然覺得機車龍頭變重、後座怪怪的。

他擔心車輪壓到什麼東西，會不會破胎，便略彎身、轉側著頭往後看。

他發現怎麼有一隻腳，掛在車輪邊……就好像他後座載著個人似，可是他眼角掃到後座是空的哪！

再一細看！啊！郭宏賓猛地心口劇烈凸跳著。

他認出來了，那腳上穿的布鞋，是——杜明翔的！

大大震驚之下，他機車龍頭一歪，竟然越過馬路中間線。正巧，一輛小轎車迎面而來，猛按喇叭、加上車前燈一閃、一閃……

郭宏賓急忙轉開機車龍頭，驚險閃過對撞危險，但他自己卻摔了重跤。

週六上午，胡信村、李文琴和陳曉玫一起去探望郭宏賓，聽完郭宏斌的敘述，三個人心驚膽顫的紛紛商量：「找上我們了嗎？」

「他……他想幹嘛？不應該害我們吧，我們是好同學兼好友呀！」

「還是，我們到對面教室驚擾了他，讓他不爽？」

「怎辦？下一個會不會輪到我？」胡信村小聲說。

「我倒想到幾個問題。」郭宏賓撫著包紮得嚴密的臂膀。

其他三個人一齊望著他，等他的下文。

「第一，我猜他寂寞，想找伴。第二，我們說要去上香一直沒去。第三，他心中有恨，恨為何不跟他說清楚，他那天會遭遇不測。」

說到最後，郭宏賓轉望住陳曉玫，陳曉玫臉色變了：「你的意思，是在說我嗎？」

「那天晚上，我聽到他說……她害我。這個她，就不知道是誰了。」

「我也不知道究竟會發生什麼事。是王燕妮跟我講，要我轉告他……」陳曉玫的語氣透著濃濃無奈。

胡信村接口說：「事情都過去了，現在談這些都是廢話。」

「不然呢？我們該怎辦？總不能因為這樣不去上學呀！」李文琴說。

「你可以走嗎？」郭宏賓點頭，胡信村接著說：「我的建議是這樣，我們一起去廟裡上香，求平安符。再轉去杜明翔家拜拜。」

這個建議還不錯，大夥一致同意。

每個人懷裡安放著平安符，心中踏實多了，一起來到杜明翔家，杜媽媽雙眼紅腫得像核桃。

「阿翔在殯儀館，牌位也放在那裡，謝謝你們想到來看他。」說著，近乎流乾了的淚水又濕潤了杜媽媽瞇成一條縫的眼睛：「我夢見過阿翔幾次，他很想繼續去學校。」

原來如此，所以同學會在對面教室看到他。

又閒談了一會，杜媽媽領著四位同學一起到殯儀館虔誠的向杜明翔上香，同時，向他默禱，祝福他在另一個世界過的安好，最重要的是希望他不要流連在這裡。

陳曉玫直盯看著杜明翔笑得燦爛的遺照，似乎可以感覺到他很高興同學們來看他。

事實上，鬼類是不講道理的，有點隨心所欲，並且會因生前的牽掛、習慣不知覺間繼續生前的行為。

郭宏賓會遇到他，可能是他調皮，也可能是剛好頻率雷同，也可能他跟他感情太好。另有一個可能，是山間精怪、遊魂、鬼魅，會根據人類腦海中，記憶所及，幻化成人類孰悉的友人樣貌，出現在人類面前。

不過，事實如何只能到陰間，去問亡故的他了！

7

學生宿舍有鬼

X大男生宿舍共有三樓，黃家立和高中成不同系，但卻是同在三樓同間寢室。

尚未開學的假日，黃家立趁早就扛著行李到男舍報到。

登上三樓C室，放下簡單行李，一轉眼黃家立看到另一張床的下鋪，堆放著兩件行李，想不到有人比他更早來。

空氣中有一股潮腐味，黃家立打開小風扇、書桌前的窗戶，驅走不少腐敗味。

從窗口望出去，哇！景觀一級棒！宿舍下方有一整排花圃，花圃過去是一小片樹林，再過去就是教室。只是，教室被樹林遮掩住，只可以看到教室頂樓的圍牆。

黃家立深吸幾口氣，放眼遠眺。

此刻已近黃昏，夕陽的紅霞，映得整個校園美輪美奐，尤其是那片棟樹樹頂，綠葉映閃出一片霞光，增添幾分旖麗明媚。

黃家立露出滿足笑容，就要轉身，忽然對面教室頂上的圍牆冒出個影子！

是個長髮女生，穿著雪白及腳長裙，腳上一雙藍色夾腳拖鞋。她不算漂亮，可是一股幽邈氣質，顯得她不同凡俗。

雖然間隔有相當的距離，黃家立可以感受到她一雙眼神，直直盯望住自己。

黃家露出淡笑，舉手向她揮了揮。都是同學嘛，打個招呼沒什麼，或許以後會見面——他是這樣想的。

這時，夕陽霞光歛去，落日餘輝更暗淡，黃家立正想抽回眼光，腦裡乍然閃入一個念頭：「不對！頂樓圍牆少說也有半人高的高度，對面女生怎可以站在圍牆上？讓自己看到她的夾腳拖？是……看錯了嗎？」

黃家立刻凝聚眼睛，想看個仔細……倏然間，對面女生動了一下頭部，並伸長雙手與肩平行，但是動作卻僵硬得有如木偶般。

黃家立愣住的目瞪口呆，這女生在搞笑嗎？

接著，她用力一甩頭，長長頭髮整個飛揚呈放射狀，黃家立看到她雙眼乍然變成火焰紅，緊接著她從圍牆上一躍而下……

「啊——哇——不、不要！」黃家立聲音卡在喉嚨裡，他自己感覺喊的很大聲，但事實上，他跟本無法出聲，那只是他腦中的驚詫喊聲而已。

他一面望向對面的地上，一面心驚膽顫的想：「天呀！都還沒開學就有人搞自殺跳樓嗎？這麼高跳下去不怕摔碎了？」

可惜，對面地上被整排的楝樹給遮擋住根本看不到什麼。他腦中千迴百轉，很快做出決定——救人第一。於是一轉身，他迅即衝向宿舍房門。忽然，宿舍門自動打開來。

「啊——哇——」受到剛才那一幕的影響，狂聲驚喊中黃家立不進反退一連退到窗口邊，一雙驚駭大眼，睜得圓鼓鼓……

在此同時，出現在房門口的人影，猛然吃這一驚，身軀往後傾斜，也揚聲大叫：

「啊——」

「幹嘛啦！見鬼了？」

「不！不是見鬼。」黃家立臉色蠟白，猛拍胸口，一手指著窗外：「是、對面有人跳樓！」

「哪可能？」說著，後進來的同學奔向窗口向外看。

窗外，夕陽已沒入對面宿舍下，微暗的校園一副恬靜、安寧。

「沒有啊！」他轉向黃家立：「我姓高，高中成。你是？」

「黃家立，成家立業的家立。」黃家立馬上接口：「我得下去找舍監，告斯他對面有女生跳樓。」

「呃……請便。」說著，高中成做出『請』手勢，轉身自顧到另張床下鋪整理行李。

不知過了多久，高中成一直沒聽到訊息，他忍不住轉頭望過去，黃家立站在房門，眼睛緊緊盯住他，他怪道：「怎啦？還不快去？不是說有人跳樓？」

「嘿！你看來一點都事不關己喔？」

「唆！看到的人是你又不是我，我要如何跟舍監說？」高中成雙肩一聳：「再說，又不是發生在我們住處。」

黃家立無奈地斜眼看他：「以後，半個學期，我們都會住在一起，有事當然得互相幫襯。」

「所以，你的意思是，叫我跟你一塊去？」

黃家立用力點頭。

「早說不就好了？」高中成放下手中行李，立起身：「那就走吧。」

黃家立滿意的轉身踏出房門，高中成還一面嘀咕：「要不跟你走一趟，恐怕以後有事，沒有人會幫我嘍。」

到了一樓舍間，黃家立敲開門，舍監姓杜，年已過半百，滿頭白髮，雙眼卻炯然有神。

黃家立口吻緊張的說完，拉著他的臂膀：「杜先生，趕快去看看，也許得叫救護車。」

「叫我老杜。別緊張，我會去看一下，你先回你宿舍去。」

「啊？」

黃家立傻眼的看著高中成，高中成一聳雙肩，回頭就走。「喂，現在是什麼狀況？

回來啊！」黃家立向高中成叫道。

「我說同學，」老杜說：「你怎麼稱呼？」

「啊，我姓黃，黃家立。」

老杜點點頭，又開口問：「你的宿舍是哪間？」

「三C。」

「哦！我知道了，黃同學你也回宿舍去吧，這件事我會處理。」

「呃！」

黃家立想不出來，既然有人跳樓，不是應該趕快去處理嗎？可是看老杜的態度漫不經心，有點奇怪哩。

「放心，我會處理。」

既然他這樣說了，黃家立不禁多看老杜一眼，只能退出舍監室，回自己宿舍。

這一折騰，天色已暗了下來，高中成整理好行李，也選定了書桌，靠床鋪的窗下。

「你不覺得奇怪嗎？老杜居然無關緊要？」

「也許他年紀大了，急不來。」

「這麼重大的事件……」搖搖頭，黃家立說不下去了。

「有時候，人不能太過於熱心。」高中成不緩不急地：「我的看法就是這樣。」

「呀，等出人命了再處理嗎？恐怕人都翹辮子嘍。」

高中成拍拍手，說：「哇！總算整理好了。一起去吃晚飯嗎？」

黃家立搖頭，因為他的東西都還沒整理，等高中成出去了，他不禁投眼望向窗外，黑黝黝的楝樹林，宛如黯藍色天空底下一排張牙舞抓的怪物。

黃家立還沒回來，整間宿舍只有高中成一個人，他坐在窗前看書。

不知看到幾點，他不知覺打了個哈欠，雙眼瞇著，然後腦袋也迷糊了……

——嗨，哈！你好。

吃了一驚，高中成轉頭。一雙腳在他床鋪上方，垂掛下來，在他眼前晃啊晃。他循腳往上看，一個四方臉、厚嘴唇的大男生坐在上鋪。

「耶，你誰啊？」

——我住這裡，李正義，十八子李，天地有正氣，但是我有正義。

差點失笑，說話像小學生，不過，高中成還是有疑問：

「你什麼時候搬進來？」

——比你早嘍。

高中成偏頭，皺起眉心，百思不得其解。

——不信？不然，來，來看看！

「看什麼？」

李正義飄忽跳下床來，完全沒有聲響，他手一擺，意思是要高中成看床上鋪。

高中成覺得沒必要，心裡不太願意，可卻身不由己地起身……他突然發現自己身體很輕，輕到讓他非常訝異。

起身後，他往上飄，飄到半空投眼望著床上鋪……有一個人橫躺在床上，仔細看，面孔依稀是四方臉，厚厚的嘴唇流淌著一縷白色泡沫。看來很像是方才的李正義，但李正義不是跳下床去了？

一思及此，高中成回頭望，站在地上的李正義朝他攤開雙手，顯然是一副無奈狀。

高中成轉回頭，再看著床上的……忽然，他發現床上這人全身發紫。人有七孔，他除了嘴裡的白泡沫，其他地方徐徐流下紅、白色汁液……

心中著實大驚，高中成隨著身軀往後飄，但雙眼還是移不開。

只見床上的李正義，汁液流淌的瞬間身體開始腐爛，緊接著蒼蠅、蟑螂、老鼠、飛蠅、許多不知名的蟲子齊聚在他身體周遭，肌肉被啃噬，產生許多蛆蛆。

眼看那些蟲，為了爭食腐肉，爭相攻訐。有兩隻老鼠，直接鑽入胸前啃嗜，兩條

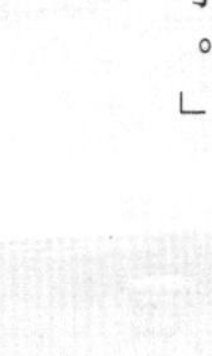

尾巴，矗立在胸前搖擺不已……

接著，手、腳、頭、頸分化、崩離，最後已經看不出來那是個人，在人體形狀上，一堆蠕蠕亂竄的雜蟲、蠅……除了白骨之外。

「呃——呃！啊！哇——。」

低聲悶吼中，高中成倏地往下掉摔到地上，然後跟著喊聲他醒了過來。

「哇——呀！」渾身冒著冷汗，他發現自己趴在書桌上。

夢中驚恐景象，繼續延續在他腦海中，他心臟劇烈的跳動著，身軀微微輕顫，緩緩轉頭——床的上方，沒有垂掛著的雙腳，地上也沒有人……所以，剛才只是一場夢？

他這樣想著，抹掉一把汗，困難的徐徐起身，一面猶豫著要不要檢視床上鋪？

突然間，房門毫無預警的鈴響……

「啊——」

緊接著，門外有人用鑰匙，迅速打開門衝了進來，是黃家立。

他看著高中成，鬆了一口氣：「啊！嚇我一跳，喊的這麼悽慘，害我以為發生凶殺案了。」

住進三C宿舍的，一直都只有黃家立和高中成兩個人，雖感到有點奇怪，卻無暇顧及其他，因為兩個人的心思都放在課業上。

今晚，只有黃家立一個人，獨坐在書桌前。讀到累了，他放下書轉望一眼高中成空著的床鋪，想起那天高中成談起他的夢境，黃家立不禁露出淡笑。

之前高中成的態度，一直都很瀟灑不拘，料不到他膽子這麼小，只是一個虛幻的夢境而已。他繼續看書，明天教授說要……

——嘻嘻……

哪來女子笑聲？黃家立摳一下耳朵，不以為意。好一會兒，又……

——嗯嗯……嘻嘻嘻……

哇！聲音更清楚了，彷彿就在耳邊！黃家立四下尋找，包括兩張床的上鋪、床底。

每間寢室都有兩張上、下床鋪，他睡右邊床的下鋪；高中成則睡左邊下鋪。

想也知道，室內只有他一個人，一定都是空空的沒人，但是嘻笑聲還是持續不斷。

最後，黃家立找到了聲音來源——窗口外面。

只是，窗外異常暗黑，這不太正常。黃家立沒思及其他，他用手機打出燈光，照向窗外。

沒有?再循聲，燈光往上，咦！一撮長髮絲的髮尾，在窗戶上方垂下。

黃家立繼續把燈光，往上移動，嚇！一張女生臉，倒掛著，沒有眼瞳的白眼球，猙獰的盯著室內。

黃家立驚叫一聲，整個人往後暴退，手機差點掉到地上。他馬上打開室內頂端的日光燈，這會兒看得清楚了。

但，窗外沒有東西！

他仔細檢查一遍，完全沒有。搔一下後腦杓，鬆了口氣，他以為自己看錯了。

忽然，那個嘻笑聲再度傳來。

黃家立馬上戒備的尋找，室內沒有，窗外沒有，打開房門檢視，也沒有人！

循著笑聲他俯近窗邊……有了！聲音在外面！

花圃再過去，一棵粗壯的楝樹下，有一個女生抬眼對上了黃家立的眼神！

她穿著雪白及腳長裙，腳上一雙藍色夾腳拖鞋。

對她，怎會這麼熟捻?

想了一下，黃家立恍然大悟，是那天晚昏跳下樓自殺的女生！不過，看她樣子，跳下來後好像沒事?

幸好沒出人命。黃家立這樣想著，正想向她揮手，她突然開口了：

——呂……振……一……在不在？

「啊？誰呀？」

女生又重複一遍。黃家立攏皺著眉頭，大聲道：

「李？還是你？或是……？」

女生又重複一次，這會兒他聽清楚了，搖著頭，說：

「沒有耶！這裡只住了我，黃家立還有高中成兩個人！」

——叫他出來……我找……呂振一，一二三的一。

「沒有啦，沒這個人！」

——不！不！不！

驀然，她猛力甩頭，長長頭髮整個僨張呈放射狀，臉登時腫脹成兩倍，吐出一根長舌，臉和舌頭俱是暗紫色，雙眼、鼻孔、嘴角流下暗紅色血水。

黃家立喊不出聲，可是動作奇快的關上窗戶，躲在室內喘著大氣。突然，窗口傳來清晰鬼叫聲：

——叫他出來……我找…呂振一，一二三的一。

黃家立掩住耳朵，拉起棉被，把自己整個蓋住，可是鬼叫聲依舊傳進來，一聲比一聲高。他非常害怕，就怕它衝進室內該怎麼辦……

晚上九點多，坐在桌前的高中成看一眼腕錶又轉望黃家立，他也坐在書桌前。

自從那天做了個恐怖的夢境後，高中成儘量不要一個人單獨留在寢室，若遇到黃家立晚歸，他寧可去外面看書。

「嘿！我忽然想到一件事。」黃家立看他一眼。

「一間寢室，不是分配四位同學嗎？為什麼我們這間只住了你和我？你不覺得奇怪？」

黃家立笑了：「這樣比較安靜，不是嗎？」

「就是太……怎麼說？好像太過於安靜反而讓人不安。」

若是在之前，黃家立會笑他，但現在……他隨意瞄一眼窗口，馬上轉望高中成：

「不然哩？找幾個人來熱鬧一下？」

高中成不說話，黃家立接口道：「你還好，只是作了個夢而已。」

「什麼？難道還有更勁爆的事情？」

「沒、沒啦。」

想想，黃家立覺得還是不要說出自己遇到的事，就怕他……黃家立思路走到這裡，忽然間傳來一聲尖銳、高亢女聲：

——呂政一……我找……呂政一……

黃家立一張臉驀然變色。一瞬間，高中成起身探頭望向窗外。

——呂政一……

高中成看到花圃過去的楝樹下，有一道窈窕女子身影，她向他揮著手。

黃家立觀察了一會兒，看高中成沒有異狀——例如駭怕、驚恐之類的樣子，便也立起身探頭看。

又是它——穿著雪白及腳長裙，腳上一雙藍色夾腳拖鞋。但此刻看它是個正常女生。

——我找……呂政一……一二三的一。

「呵呵，我說沒有這個人。」高中成朗聲問：「妳那位？」

高中成說著，把頭探出窗口外，似乎連上半身都傾斜往外了，。黃家立見狀，頭、上半身跟著往外伸的更遠。

這時，女生緩緩伸出手，指向窗口：

——呂政一……你……下來。

「我不是……」高中成頭搖了一半，忽爾驚叫一聲：「哇——你是誰！」

聽到聲音有異，黃家立也轉頭向右看，這一看連他都狂喊一長聲，然後他兩人立刻縮回身、頭，乍然各退另一邊去。

原來，宿舍窗戶蠻寬大的，黃家立在左邊，高中成在右邊，這時他兩人中間，不知何時赫然有個男生，跟著他倆一樣，伸長頭，緊盯住窗口下的女生。

各退到兩旁的黃家立和高中成，瞪圓驚懼雙眼，盯著男生。

它，緩緩轉過臉面向高中成……這會兒高中成認出來了，它是他夢裡，死了，變成一堆蟲啃的腐肉……

它又轉望黃家立，四方臉，沒有下半身，胸前、雙手腐敗、潰爛得沒有一塊肌膚是完整的，上面還佈滿蟲蟻、蟑螂、老鼠……

它伸出森森白骨，上面掛了幾片腐肉的手，超厚嘴唇一陣嗡動：

——李，正，義。十八子李，天地有正氣，但是我有正義。

高中成料想不到，夢裡的死鬼可以出現在他面前，他合不攏的嘴角，流淌著唾液，好一會兒，他手顫腳抖的奮力往房門處衝……

這時，窗外底下的女生發出淒厲鬼吼，黃家立看一下窗外，再轉回頭看到高中成跑，當然也爭先恐後地衝向房門，兩人衝近房門，碰撞的雙雙摔倒……

夾起書，黃家立正要跨出教室，肩膀突然被拍了一下，他轉頭望去。

「嘿！黃家立？」

黃家立點頭，眼神疑惑的上、下打量他。

「關漢。跟你同系。」

「呃。」黃家立隨意點個頭。

都在同間教室，想也知道應該是同係同學。但是黃家立昨晚沒睡好，又受到驚嚇，精神很差，因此無心跟他打招呼。

「你……住三C男舍寢室？」關漢突如其來的問。

點頭，黃家立反問：「你怎知道？」

「先別管這個，我問你，你住的如何？沒事吧？」

關漢的問話，讓黃家立大起疑惑，他接口道：「對了！是你，我看過名單，跟我同個寢室的就是你，還有一位叫做……」

「林富凱！」

「對對，你倆怎沒來男舍報到？」

關漢聳肩，晃一下頭。黃家立急忙又問：「我猜，那間男舍……有問題？」

「你都不知道？沒人跟你說？」

猛吸口氣，黃家立看看周遭，人來人往地，非說話場合，便說：「走吧，去吃豆花，我請客。」

豆花店就在校門口對面，兩人各要了一碗，黃家立迫不及待的問關漢：「可以告訴我，有關三C男舍的……」

「唉呀，只是傳言啦，你不必太認真。」

「既然這樣，你幹嘛不住進來？你現在住哪？」

「嘿！我可是繳了錢哩。」

原來，學校規定新生第一學期一定要住宿舍，關漢和林富凱必須遵照校規不能拒絕，因此他們宿舍費繳了，另外在外面租屋。

「什麼？可以這樣？」黃家立用力一拍桌子：「早該認識你。我也不必受到這麼大的驚嚇。」

「哦？很大的驚嚇？會不會太誇張了？」

「不信嗎？哪天你來睡一晚。」

看一會黃家立，關漢點頭：「信，信！可以告訴我，你發生了什麼事？」

「你聽到的傳聞，要告訴我。」

接著，黃家立細細說起前些日子所見、所遇的事件，包括高中成的際遇，末了，黃家立無奈道：「我很好奇，如果我們看到的是亡者，那到底裡面死了幾個人？」

點點頭，關漢接口：「說起來，此事蠻複雜的。」

「是哦？」

然後，關漢徐徐說出傳聞……

原來，新生——呂政一住在三C男舍，開學後，他跟系裡一位女生走的很近，不久兩人便出雙入對，還被喻為系對。

下學期開始，呂政一又認識了另一名女生，自古以來，這種三角習題，最是個難解之提。反正，三個人之間，糾纏不清了好長一段時日，最後三人約定個時間準備談判。

哪知道，呂政一爽約了！不只這樣，呂政一接著辦理休學。

先前的女生遍尋不到呂政一便跑去找另一個女生，她稱她小三，認定了小三一定知道呂政一的下落。

兩人甚至吵架、打架，在校內鬧得風風雨雨，結果小三的女生也轉學了。

先前的女生天天到男舍來找呂政一，逢人就問呂政一在哪裡？

不只這樣，她還到對面教室頂樓觀察男舍三C，目的就是要找呂政一。

同學們都說她發瘋了，有必要這麼盧不清嗎？就為了一個負心漢？因此，都沒人搭理她。

一天清晨，女生被人發現摔死在男舍對面的教室地上，也就是楝樹林下。經過法醫鑑識，查出這女生先是喝了毒藥再跳樓，死意甚堅。

不久，三C開始常鬧鬼，例如：

看到對面有人跳樓；窗口外一棵楝樹樹頂，出現一張紫色臉容；有時會看到樹下站了個窈窕身影；有時甚至發現一個女子出現在窗口外……

女鬼常會迷惑人，高喊她找呂政一。

有一年，一位新生入住。一天夜裡，他聽到有人喊他的名字，竟迷迷糊糊的回應。然後大家發現，男生不見了！

舍監老杜當然有責任，他四下裡去尋找還準備報警，結果竟在楝樹下發現昏迷的那個男生。

他聽到女鬼呼喚聲被迷惑了，以為是在叫他，事實上這兩個名字，聲音也很雷同，加上女鬼的魅惑很容易就出事了。

奇怪的是，老杜的監控向來很嚴謹，到底李正義是如何走出男舍？因為監視器完全沒看到他的身影，唯一的解釋是他由窗口跨出男舍。

但也太離奇，三C宿舍足足有三層樓高耶？

李正義說起這幾天的際遇：

他說他也忘了自己是如何走出男舍，只聽到女聲呼喚他，他回應後看到一位漂亮女生就跟著她走。

他記得跟女生去郊遊，在樹下野餐、觀賞風景、共宿……其他的，記憶都模糊了。

老杜曾叫他去廟裡拜拜，不知道李正義聽進去了沒？

不過，他還是照樣上課、回宿舍，過著平常一般的日子，唯獨一件事，就是沒人敢住三C男舍，亦即說，只有他一個人獨住在三C男舍。

一天，有人聞到腐臭味令人欲嘔，久久不散，去報告老杜，結果發現李正義躺在上鋪的床上，屍身幾乎爛盡只剩下一圈人形，上面覆蓋著密密麻麻，萬蟲鑽洞、還有蟑螂……

聽完闕漢的敘述，黃家立憶起第一次看到對面女生跳樓、還有老杜的處理態度顯得異常怪異，這會兒他完全明瞭了！

問題是，以後他還住不住男舍？

繼續住下去，他知道傳聞一定會天天環繞著他的腦袋啊！

靈光一閃，他想到：要不，跟關漢、林富凱一樣也搬出男舍，另外租屋？

還有，要不要把這件傳聞告訴高中成呢？

天啊！怎麼會有這麼駭人聽聞的事件啊！居然還被自己給碰上了！

8

校園禁地

呂子豪已畢業好幾年，他考上了台塑目前就在那上班。不過，當他在敘述這件事時，還感到渾身顫抖。

他說，他的學校可是網路上，票選出來最荒涼的前三名學校，只是卻沒有說出校內有處禁地。

據說，這間學校，周圍都是種滿水果的園地，故又名水果大學。剛考上時，學校規定新生必須住校，跟他同間寢室的還有另外三位新生。江樹，黃育庭，汪小齊。

呂子豪很快就進入狀況，他說第一次知曉這個訊息，是在他下課回到寢室時。

江樹和汪小齊原本在談話，音量忽然變小了，但是呂子豪還是聽到汪小齊低聲說：

「哇！超恐怖，超詭異喔。」

「嗯！就是！」

接著，兩人停話各忙各的，一個落坐到書桌前；一個躺到床鋪上。

禁不住好奇，呂小豪轉向書桌旁的江樹，問：「幹嘛不接下去說？」

「啊？什麼？」江樹愣了一下。

「剛剛，你們說什麼恐怖、詭異，到底是什麼事？說來聽聽。」

「你膽子夠大不？夠大才能聽喔。」江樹調皮的嗤笑著。

呂子豪起身，雙拳互抱做勢欲敲江樹的頭：「要不要敲敲看？」

江樹怕他真的敲，忙低頭閃一邊去：「喂喂，你流氓呀？膽子大不大，跟打人有關嗎？」

「快說啦！到底是什麼事？」

禁不起呂子豪一再逼問，並保證絕不洩密，向來快人快語的汪小齊告訴他，校內有處禁地不能觸犯，最好晚上八點過後，切勿到那裡徘徊。

「禁地？我沒聽說過耶。在哪裡？」

「噓，小聲一點。」汪小齊連忙轉看宿舍門口。

「嘿！你們很八卦耶。既然都敢說出口，還怕人知道？」

「唉唷，這個是不能說的祕密你不知道嗎？」

「別故作神祕，等一下我去找舍監問。」

被呂子豪一逼，汪小齊只好全吐露出來了。

就在校園的東邊角落，每到八點半，舍監、教官都會特別巡查那裡，只要有人靠近，他們馬上趕人。

「喔，怪不得，我老覺得那裡太過於冷清。」呂子豪點頭：「我還以為是地主怕我們去偷摘水果。」

「我聽大三學長說，曾經有人在晚上十點多左右，遠遠望向東邊角落，喝！你猜

他看到什麼？」

寢室內，突然安靜了下來，呂子豪瞪圓雙眼，等汪小齊下文。

「看到什麼？」

「你想像一下，水果園裡都是些什麼？」

「廢話，還不就是水果？」

汪小齊豎起食指，搖了搖：「No！No！這位同學看到園裡都是一顆顆人頭。」

呂子豪滿臉肅然：「真假？」

汪小齊點頭，接著說：「一顆顆的人頭，同時轉過臉死盯住這位同學，然後第二天這個同學就病了。恐怖吧？」

呂子豪正要點頭，江樹接口，說：「是有點詭異，可是白天看起來，水果樹就很整齊的排列著一點都不恐怖。我倒很懷疑，是有人加油添醋吧？」

「如果是加油添醋，那裡為何被列為禁地？」

「搞不好就是怕我們偷摘水果。」呂子豪說。

「所以，我不信。」江樹接口，大聲說。

信不信，就看各人嘍！

呂子豪、汪小齊在各自書桌前用功，忽然聽到門口傳來聲音，是另位同寢生，黃育庭：「耶，這麼晚了，還出去？」

他兩人回頭，看到江樹抱著書本，踏出寢室。

黃育庭把書放到自己書桌上，轉向兩人：「喂，他有點奇怪耶。」

呂子豪和汪小齊一起轉頭，只聽黃育庭接口：「已經三天了，他都到外面讀書嗎？還是……」

汪小齊聳聳肩，呂子豪也是一臉不解神色。

「昨天吧，我比較晚睡，發現他回來。」

「是嗎？幾點？」

「午夜一點，好怪，舍監都不管嗎？」

話說到此，三個人心裡不禁浮上疑問。

有可能因為明天假日，晚上熄燈後，三個人都睡不著，時間一分一秒的過去。直到午夜一點多，寢室門無聲被打開，三個人六隻眼像探照燈，看著江樹像小偷，偷偷摸摸的回來。

等他關上門，三個人不約而同地起身大叫，汪小齊床尾接近電燈開關，他彎著身軀，亮起燈……

只見江樹倒退一大步，驚恐的臉上白慘慘，沒有一絲血色。

三個人你一句、他一語的逼問他，去哪裡逍遙？

他不想講，三個人威脅他要向舍監告發。江樹倒了杯水，灌下一大口，咂咂嘴：

「啊，好渴。這水太好喝了。」

「你到底去哪裡啦？敢做不敢承認，是龜孫子呀？」汪小齊忍不住怒道。

「關你啥事？」放下杯子，江樹嗤笑：「好膽，跟我一起去。」

「哪裡？」三個人異口同聲問。

「校園禁地。」

霎時一片沉默，好一會兒，汪小齊臉現怪異表情：「不會吧？這幾天，你一個人都去那裡？」

「哈哈哈……」大笑一陣，江樹攤開雙手：「聰明，什麼禁地，我根本不信那些，看我，還不是沒事？」

其他三個人都瞪住他，他看起來……跟平常非常不一樣。

「怎樣？明天晚上八點，誰要報名？我帶路！」就連狂妄口吻，也不是江樹原本一貫的個性。

僵持了一會兒，黃育庭打了個大哈欠，江樹仰躺到床鋪：「睡嘍！沒有人比我擔子大吧，我說嘛，我……」

話未說完，江樹竟然呼呼傳來打鼾聲，另三人覺得不可思議卻也無人開口，默默躺回床。

接著幾天，校園裡風風雨雨的傳言紛紛，詳細內容不清楚，只是聽說是禁地裡有事情發生。

到了晚上，自修完，呂子豪問汪小齊：「禁地發生什麼事？」

在這間寢室裡，就是汪小齊訊息最快。

「聽說，有人看到禁地有鬼……」

「鬼？真的？假的？」

「耶，」黃育庭忙接口：「會不會是看到小江以為見到鬼？」

「誰知道？」汪小齊歪著頭，搖著。

「小江到底在幹嘛？想證明膽子大也不必天天去那裡呀！」呂子豪道：「要把事情鬧大了，吃虧的可是他自己。」

「嘿！這小子迷上禁地了。我很訝異，禁地有什麼好玩的？」

汪小齊看一眼壁上鐘，已經接近十點了，又轉望江樹空空的床鋪，他突發奇想：

「喂，我們去禁地探險！」

另兩人面面相覷。

「小江都不怕了，我們三個還不如他？」汪小齊提高聲音：「如果不對勁，我們立刻落跑；如果小江有事，我們還能見義勇為。走啦！」

所謂禁地，其實充其量，也不過就是一片黑暗的天空加上清冷的園地，但因為加上了傳言，看起來就真的很詭異了。

因為汪小齊的建議，所以他當先鋒，黃育庭居中，呂子豪殿後。

十點多，大多數同學、教授都回自己寢室了，整個校園空無人跡，三個人順利的離開校園界限，往東邊而去。

汪小齊突然停腳，害後面兩個人差點撞上。黃育庭連忙蹲下身，低聲問：

「有狀況？看到什麼了？」

「不是！」汪小齊轉回身：「我說呢，已經脫離校園了，我們不必排成縱隊，你們兩個加快腳步，一齊走。」

「原來你也會害怕。」呂子豪嗤笑。

「哪是，我怕你倆錯過精采的。」

結果，三個人平行往前。嘿呀！果物適逢收成期，整齊排列在園地上，由地裡冒出半截的，一顆顆的果物，看起來還真的像一個個的人頭哪！

果物高低不等、姿態各異，更像各個姿勢不同、遠眺方向也不一樣，對上了它，似乎可以感到『人頭』緊盯視著你。

園地非常廣，一望無垠。

「耶！看到了，有沒有？」黃育庭低聲，伸手指著更遠的東邊方向。

原來那邊有個人影蹲坐在地，但是距離遠，若不細看會以為是果物。

一行人迂迴往前，園路高低不平不太好走，走了好一大段路，都感到有些氣喘了。

距離略近，從身影可以看的出來正是江樹沒錯！

「喂！」呂子豪忽然出聲，一旁的黃育庭急忙忙掩住他的嘴。

呂子豪戴著眼鏡，視線有點模糊。黃育庭低聲說：「噓！別叫！你沒看到他旁邊多了個影子？」

果然，就在另個影子轉過頭之際，黃育庭一手推倒汪小齊；另一手拉緊呂子豪，迅速低蹲下來。

那個影子轉回頭，不知說了什麼，江樹也轉回頭，搖晃了一下，然後兩個人繼續依原姿勢，好像在談天還是在吃東西？

看不清楚。

「原來這小子在泡妞。」汪小齊小聲道：「怪不得他天天報到，樂此不疲。」

「你怎知道小江在泡妞？」

「噫！你沒看到？她留了一頭長頭髮？」汪小齊指著另個影子，說。

「不對！」黃育庭搖頭，說：「我看到的是個人影沒錯，但他的頭光禿禿的，根本沒有頭髮，看不出是男是女！」

「哪是？」呂子豪略略提高聲音：「我只看到小江一個人，哪來另個人影？」

哇！三個人所見各不同！太詭異了！

「你嘛好了，我四隻眼還會看錯？」呂子豪不悅地。

「雖然我也有近視，可是我有戴隱形眼鏡，更不會看走眼。」黃育庭接口說。

「怎麼會這樣？」汪小齊鎖緊濃眉。

三個人想了想，理不出頭緒，商量一番，最後決定來個偷襲！

儘量蹲矮著身軀，幾乎就快匍匐在泥地，好在泥地是乾的不至於弄髒衣物，但三個人動作都很怪異：有彎曲蛇行；有側身蠕動；有如青蛙低跳。

黃育庭把參加漆彈遊戲的身段，全淋漓套用上了。

為怕打草驚蛇，三個人不敢直行，繞著遠路，迂迴前進。

終於到了可以看清江樹的距離，只因為三個人都堅持已見，他們做了個暗號，各自藏匿在所在地點，放眼望去……

江樹坐在一處隆高著的水泥地，雙腿打直，還欣然地抖動著。

呂子豪看到——江樹搖晃著上半身，時而側首、張嘴，手上捏著個點心小袋，一手掂起袋裡的點心，拋入口裡，一面咀嚼一面似乎在自言自語，像是旁邊真的有人……

黃育庭看到——江樹和一個頭頂光禿禿的女生並坐著，兩人手裡各拿著點心袋，從手中點心袋，掂起，往嘴裡送，兩人還說說笑笑地。

汪小齊看到——江樹和一個長髮女生，在聊天、吃零嘴。一邊吃一邊開心的閒聊，有時，江樹伸長臂膀親密的圍繞女生纖細的肩胛，兩人該開心得不得了。

黃育庭當然也看到江樹的臂膀搭著女生的肩，他很好奇，女生禿頭，臉蛋會很漂亮嗎？

這時候，呂子豪看到江樹的手臂，是凌空架著的。

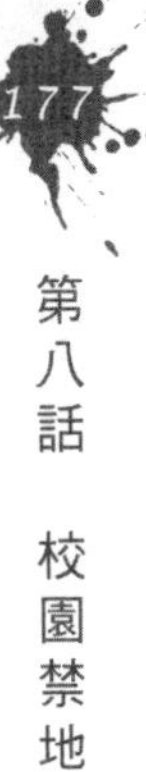

三個人再次往前挪，靠近一點，以便看清楚些。

這會兒，三個人看得異常清晰，所見亦同。原來，江樹的零嘴，是糞便、蟑螂、白色蛆蛆。

眼看蟑螂被咬一半，白色、青色汁液由嘴角流倘下來；蛆蛆還在扭動，就被丟入嘴裡；抓起青黑色、一坨坨的糞便，就往嘴裡拋。

霎時，三個人打從心裡冒起冷颼颼寒氣，呂子豪往後仰跌在泥地；黃育庭目瞪口呆；汪小齊抖簌著上下唇，大叫：「江樹！」

剎那間，女生化成一縷黑霧消失了。

江樹渾身顫抖著一下，醒了過來。但依舊坐著發呆。

「小江！」汪小齊和黃育庭奔上前，呂子豪看他兩跑上前，沒有異狀了，也往前走。

江樹渾噩的轉頭，手中的點心袋還緊捏在手中。

三個人，看到江樹口中還塞滿東西，一尾白色蛆蛆被咬一半，下半截白色尾巴，露在他的嘴角，還翹然揮動著。

「看看你吃什麼東西？」汪小齊臉容鐵青的大喊著。

聞言，江樹低下頭看著手中袋子，這時口袋邊緣爬出一隻超大隻的蟑螂，兩根觸鬚還一擺一擺。

江樹露出驚怖神情，又因為嘴角發癢，他一手拉下半截蛆蛆，一看之下，嚇的把手中的點心袋、蛆蛆往外拋。

就那麼巧，點心袋投向黃育庭，黃育庭慌亂的跳開一步，雙手猛揮的驚叫著。半截蛆蛆在夜色下特別顯眼，不偏不倚被拋向汪小齊，汪小齊跳腳狂喊：

「喂，很髒耶，好不好。」

兩人動作既驚慌又誇大，呂子豪也很怕，忘形的退一步，硬是忍住笑。

「你怎麼亂撿東西吃啊？」

「我……哪有，是她給我的」支吾的說著，江樹轉向一旁，但已經空無一人。

「誰？」呂子豪皺眉問。

「王莉。」

「哪有，我沒看到有人啊！」呂子豪說。

「是個長髮女生？」汪小齊接著說。

「它是女鬼！」黃育庭更快的說。

『女鬼』兩個字一說出，江樹突然臉色乍變，雙眼瞪凸，往後倒地暈厥了。

「他真的遇到女鬼？」汪小齊疑惑的問。

「不然呢？」黃育庭瞪著他：「你以為是仙女呀？」

「我看到的是個長髮女生，你知道那時候，我很想看她長相。」點點頭，黃育庭淡淡說：「你也被迷惑了。我看到的是個光禿禿的頭，從側面，我看到它是個骷髏頭。還有，我們到江樹那，它就消失了。」

呂子豪接口：「我什麼都沒看到。不過，小江跟它相處了幾天應該不怕，聽到女鬼，他竟昏倒？」

「誰不怕鬼？但小江被迷惑了，不知道它是女鬼當然不怕。」黃育庭解釋道：「我曾聽我奶奶說過，遇到鬼的當下不能戳破，否則那個人會發生不可測的危險，有的甚至會當場心臟病突發而亡。」

「那，你還說？」汪小齊道。

「唉唷！我忘記了嘛。想想那時候，我們都慌了手腳，有沒有？」

江樹在醫護處，病了三天。

第四天中午，他回到寢室，不過整個人都怪怪的，沉默、呆滯沒有什麼反應。

其他三個人私底下都建議，希望他能回家休養一段時間，但沒被接受。

晚上，汪小齊睡到一半忽聽到聲響，他翻身看到江樹宛如幽魂般，悄無聲息的走出宿舍。

就因黃育庭提起他奶奶談過的一番話「當下不能戳破」所以，他不敢出聲，可是站在好友立場，他又不能坐視不管，唉！真的讓他為難。

猶豫間，他忘形的跟著跨出寢室，遠遠看到江樹走出宿舍大門之際，外面有個窈窕女子身影，似乎……在迎接他！

汪小齊額頭冒汗，身軀發涼，立馬轉回寢室喚醒其他人，道出方才所見。

「怎麼辦？女鬼纏住他了。」

「所以，我說他必須離開這裡，回去讓家人帶他去廟裡燒香。」

「談這些都太慢了，現在要怎慢辦才好？」汪小齊口氣很急。

「我、我也不知道。」

「被女鬼纏上，會不會死？」呂子豪低聲問。

「我更不知道了。喂！幹嘛問我這個？我又沒遇到這種事。」

「那現在呢？我們跟不跟上去？」汪小齊又問。

想了好一會，黃育庭忽站起身，說：「走！去找舍監。」

呂子豪猶豫著：「這樣好嗎？擅闖禁地，違反教規會被記過，我們會害到小江。」

「記過重要還是丟掉性命重要？」

三個人權衡了好一會，終於決定去找舍監。

既然找上舍監，舍監當然以校規為重。

江樹走到校園界限處，就被舍監給拉了回來當場訓斥了一頓，還放話如果敢再跑出去一定會依校規處置。

當舍監開罵時，汪小齊轉頭……在遠處，水果園裡有一縷淡影，忽隱忽現，忽左忽右，把江樹帶回來時，淡影飄近前似乎想追過來。他不敢看，回到宿舍後才說出所見。

這天午後，宿舍小客廳吵吵嚷嚷，黃育庭和汪小齊經過時被舍監叫住了。

他看到一位年約七十多歲，農夫打扮的伯伯，正拿著斗笠搧著風。

「你室友，有個叫小畜的嗎？」

「沒有啊，哪個畜？」

「畜牲的畜。」顯然，舍監很不爽。

黃育庭和汪小齊突然笑了。

「這個王伯伯吵著要找小畜，但我們這裡沒有叫小畜的，他不信。」

王姓農夫站起身，朝兩位同學點頭，操著台語：「有啦！一定有這個人，不然我不會跑這趟，拜託兩位幫個忙。」

「歹勢。我不知道耶。」黃育庭以台語回他，語氣屌屌地。

「不要再來騷擾我們，」舍監下逐客令說：「同學要去上課，沒空啦！」

黃育庭和汪小齊向兩人禮貌的頷首，往外就走。

「拜託，沒找到小畜，我無法交代，每天被吵。」王姓農夫說：「拜託，求你哩。對了，小畜右手尾指，有一截是烏青的……」

已經走遠的汪小齊拉著黃育庭往回走，黃育庭莫名其妙，只見汪小齊向王姓農夫問：「王伯伯，您是不是講錯了？是小畜？還是小樹？」

「嗯，有可能。我耳朵重聽，可能聽錯了。怎樣？有這個人嗎？」王姓農夫混濁眼睛一亮。

舍監冷著臉，皺起眉頭。黃育庭則是心裡犯疙瘩。

汪小齊以台語問，聲調怪異地：「啊，借問，你找他什麼事？」

「當然有重要的事。啊他人呢？」

「你可不可告訴我，是什麼事？」

「唉，說來話頭長，我也被吵到不行，才不得不才找上你們學校。」

「這樣啊？那，跟我來，我們找個地方談。」

「好呀，好呀！幫我這個大忙，我會包個大紅包給你。」說著，王姓農夫兩手在空中打著大大圈子。

黃育庭哭笑不得，一面走，一面低聲問汪小齊：「喂！幹嘛淌這趟渾水？」

「想不想救小江？」汪小齊突兀的問。

想起這幾天，小江簡直像個木頭人，每天都必須去醫護室報到，每天都要吃藥。據醫護人員說，那是抗憂鬱、精神亢奮之類的。

「當然，我們都希望小江沒事。但這跟姓王的農夫，有關嗎？」

「你沒注意到吧？小江右手尾指指尖，一截是瘀青的。」

「啥？」黃育庭驚訝的轉頭，看一眼王姓農夫。

偌大學生餐廳，有幾個學生在用餐，汪小齊、黃育庭，和王姓農夫，落坐在角落。

農夫敘述著……

王家世代居住在學校鄰村，也是這一大片水果園的地主。

七十多歲的王老先生，到現在還是務農身分，兒女工作都在北部，只有在農忙時會回家幫忙。

一天，王先生早起，正要去園裡，他妻子阿桃跟他說：「老伴，我做了個奇怪的夢。」

阿桃說，她夢見個女人，看不清楚她的臉，手上拿著一條紅絲線給她，也不知道什麼意思，可是夢裡情景很清晰。

王老先生以為只是個普通的夢，隨便敷衍妻子就出門了。

接著幾天，阿桃連續作同樣的夢，當然，王老先生還是不以為意。

一天，阿桃看天色逐漸灰黑了，因為丈夫年事太高，擔心他的安全，便出門去找他。

水果園很廣，等阿桃看到丈夫時天色已整個暗了，王老先生坐在水果園邊，阿桃正要出聲喊，突然看到丈夫旁邊有個人影。人影很纖細，雖看不清楚但可以確定是個女人。

「這死老猴，原來在跟女人瞎混也不快回家，等我看看到底是哪家女人。」

附近鄰居沒多少人，別說問，光看身形、衣物就知道是誰。

阿桃愈走愈近，暗矇中，女人影似乎回過頭還向她伸手揮揮，可是，當阿桃走近丈夫不到五十步左右，只一眨眼那女人的影子不見了。

「告訴我，在跟誰說話？」

王老先生表情呆滯，聽到阿桃話聲緩慢地回頭看她，一臉錯愕。

「我問你，剛才在跟誰講話？為什麼看到我就躲起來？」

說著，阿桃左右尋找起來。好笑的是，水果園一覽無餘，人怎能躲藏？「沒有啊！啊，天色黑了？我怎麼還在這裡？」

「問你呀。」

兩夫妻說著，一面往回走。

當天夜裡，往老先生翻來覆去睡不著，大概到了半夜兩點多，下床去客廳喝了一杯水。

過了很久他都沒回房內，阿桃也下床去看看，走到客廳通道時，忽然看到丈夫坐在沙發，他對面坐了個女子身影。

怎回事？女人跟到家裡來了？

阿桃仔細看，嘿！應該是女人沒錯，因為她有著一頭長頭髮，穿著很古式的衣服，胸前掛了一串綠色項鍊。此外，完全看不到臉、身軀因為被矮几遮住了，但……看不到腳！

阿桃整個人都驚醒了！潛意識裡明白，它不是人、是鬼！

阿桃抖簌著，不敢咋聲，悄悄退回房內，拉緊棉被把自己蓋的密不通風。

次日，阿桃跟丈夫談起，可是王老先生全沒有印象，他認為自己昨天睡得很好，也不記得半夜起床喝水。

「說說看，它長怎樣？穿什麼衣服？」

「沒看清楚，它沒有頭、沒有臉、什麼都沒有，只看到長頭髮、衣服是古式的。」

阿桃形容著，說到胸前的一串綠色項鍊，王老先生詫異的站起身來：「天呀！妳說的，莫非是我妹妹？」

王老先生的妹妹，年輕時就往生了，死時還不到二十歲，王家有錢、捨不得寶貝女兒亡故，就把一串祖母綠給她，一塊下葬。

阿桃嫁過來時，根本沒見過小姑哩。

兩夫妻一回憶，警覺到阿桃一再看見的女人，一定就是王家小姑。

「然後，我到我妹妹墳前，擲筊杯，問她是有什麼事未了。她說，她要嫁人，嫁給……」王老先生環眼看一下校內餐廳：「你們學校內的小畜。」

「是小樹！」

「對對，是小樹。還說小畜、不，小樹右手尾指，有一截烏青。」

聽到這裡，汪小齊搔搔頭後腦，轉望黃育庭，後者偏著頭、一臉無奈狀。

兩人是⋯很懷疑，但又不知該接什麼話。好一會，還是黃育庭比較熟練，他問：

「那，你妹妹什麼名字呢？她的墳墓在哪？可以帶我們去看看嗎？」

「啊！時間過太久，我有點忘記她的名字⋯⋯」

「王莉！她叫王莉。」汪小齊脫口而出。

王老先生和黃育庭不可置信的雙雙看著汪小齊。

「唉呀，你怎知道？」王老先生驚訝的問。

「記不記得？」汪小齊轉望黃育庭：「我們第一次跟蹤小江時，他說，他吃的東西是王莉給他的。」

「那就錯不了。一定就是小樹，我家阿莉要嫁給小樹。我可以帶你們去阿莉墳頭問她。」

於是，汪小齊課也不上了，他和黃育庭領著王老先生，轉回男舍去找江樹，剛好，呂子豪也在。

幾下說明後，病懨懨的江樹臉都綠了，說什麼女鬼要嫁給他？

王老先生熱心領著他四個人，走到校園東邊角落，越過又廣、又遠的水果園。原來，王莉的墳墓就在水果園中。

那天，江樹坐在一處隆高著的水泥地，那正是王莉的墳墓。

王老先生從口袋內，掏出一對木製筊杯馬上大聲問話，問完就擲筊杯……

江樹躲在汪小齊身後，臉色白慘慘，他依稀記得那幾天他都坐在隆高的水泥地，而它就坐在一旁……

問罷，王老先生收起筊杯，滿意地看著江樹，說：「請你趕快回去告訴你父母，準備婚事。別擔心，我王家有錢絕不會虧待你。」

呂子豪說，江樹不願意娶王莉的神主牌位，可是他卻病的越來越嚴重，醫藥罔效，只好休學回家。

回去後，江樹的病更嚴重了，他父母知悉這件事，也知道他們的寶貝兒子逃不過女鬼的追婚，只好再度到南部找王家談婚事。

說也奇怪，原本病得非常嚴重的江樹，冥婚後居然不藥而癒。後來，他繼續到學校念書，拿到學位再回北部工作。

這事之後，他就一路順利，不但職場順利，身體健康，還交了個女朋友。聽說，他跟女友要結婚時，還先問過王莉的神主牌位，她同意後，兩人才踏上紅毯。

9

禁忌

江世輝就讀X大醫學系，雖然他個性傻愣，有些大而化之但卻很用功，所幸課業也還不錯。後來，終於有資格進入臨床的大體解剖教室，表示在課業上他又跨進更深一層了。

課表上，列出了何時有「大體解剖」課程，他興奮的約了學長——顏倍宜，想請教有關課程的各方面事務。

已經過了用餐時間，學生餐廳，剩下三三兩兩的同學，大都是抽空享受著難得的休閒時光。

兩杯溫熱的黑咖啡，在江世輝和顏倍宜面前，冒出咖啡香。

顏倍宜帶著調侃語氣，說：「這個……大體解剖課其實沒什麼，就很一般般。總之，去了你就知道，沒什麼好說的。」

「是嗎？我很期待，可是又有點擔心。」

「不必擔心，只是得看你膽子夠大、手要夠穩、夠鎮定。」顏倍宜看他一眼，呷口咖啡：「不過，我可以提供你幾個意見。」

「是是，太好了。我洗耳恭聽。」

「你聽過解剖教室，有些禁忌嗎？」

江世輝搖頭，訝異地反問：「沒有聽過。有什麼禁忌？」

「嗯……」顏倍宜擺出老練神態，說：「進教室之前，要先敲三聲門；在教室裡面，不能提到：死亡、去世、大體……等一些敏感字眼；還有，在教室裡面不能大聲喧嘩。」

「啊？為什麼？」

顏倍宜雙肩一聳：「不太清楚。這是前幾屆，學長流傳下來的規矩。不能提到一些敏感字眼啦、不能大聲喧嘩，應該表示對大體的尊重吧。還有一些其他的，一時之間我也無法說的詳細。反正，時日久了你就知道。」

江世輝傻楞的點著頭，反正以後會知道，所以他就隨便聽聽沒有真的記住。

「啊！對了，還有一點，就是在特定的日子，最好不要去解剖教室。」

江世輝再次點頭。

兩人走出學生餐廳，剛好遇到顏倍宜同班的幾位學長，就跟他們一塊離開。

江世輝回外租的套房，拿起書本，用功K書。

是有關神經解剖學以及一本生理學的書，生理學乃探討人體各器官系統的功能，包括神經、呼吸、循環、消化、泌尿、生殖內分泌……等系統，還有一些細胞生理等等。

主要就是在做大體解剖之前的預備功課。

看累了，他放下書本替自己倒杯水，略為休憩之際，他無端想起以前一段際遇。

兩年前，剛考進醫學系，也是在這個季節，也是坐在書桌前看書。當他看的津津有味時，突然陣陣尖銳聲傳來，他伸手挖、搔著耳際，一會兒聽到了很輕、很輕的聲音：

——喂！快了吧！

——哪有？還得等些日子。

——我已經不耐煩了，不想等。

——不想等不行喔！

——到底要我等什麼時候？

——快了、快了。

——唉唷，我真的不能再等下去了，拜託給我個確定時間。

——到了時，會告訴你。

嗯？有兩個人在對話？但，是誰？

江世輝轉頭，四下巡視著屋內，接著起身，踏進浴廁，就是找不到發出聲音的地方。

再回書桌前，他拿起書本想認真看，可是想看書的感覺，已溜了！

怪了，明明只住了他一個人的套房，怎會有人的對話聲傳來？還這麼清晰。

看一下壁鐘，他闔上書，抓了件外套跨出屋外。

那時候，何茂飛是XX教學醫院的醫生，在校內兼講課教授，江世輝也選了他的課。

他向同學宣布，有機會跟著他到醫院實習，有誰願意去？這並不在選修課程內，所以有些同學意願不高。

因為剛考上醫學系，心裡是躍躍欲試，江世輝跟另兩位同學——田敏川、高化年商量之下，一塊報名。

然後有一天，江世輝跟兩位同學收到何茂飛簡訊，通知晚上十點整到XX醫院急診處報到。

江世輝立刻跟另兩位同學約好，一起到達醫院的急診處。

何茂飛醫師向三個同學解說細節，有什麼該注意的事項……

雖然損失睡眠時間，但這可是難得的實際體驗的機會，所以三個人都專注的聽著。

忽然，守衛指揮著一床病床，兩位醫護人員，一前、一後急匆匆推進來。

病人大約五十多左右，臉色蠟白，雙眼閉緊。

何茂飛醫師問了些例行問題，同時細心檢查著病患。

一名醫護人員回答：「救護車到達後，在救護車上施行急救時，病患已呈現OHCA現象。」

※所謂OHCA，是醫學術語，指病患在送達醫院急診室前，已出現死亡症狀。

OHCA：Out of hospital cardiac arrest。

「啊！快，電擊器。」何茂飛醫師馬上下令，施行急救。卯足了全力，急救了好一陣子病患都沒有反應。

宣告急救無效後，死者被送到一間僻靜室，準備要檢查死因。為了便於同學觀察大體，因此一張薄白被單，覆蓋住大體身軀，臉是外露的。

不久，又有病患掛急診，何茂飛醫師忙得團團轉，還不忘交代江世輝三人：同學們可以趁機觀察，人體亡故之後，在幾個小時之內的變化情形。

眼望何茂飛醫師背影消失在門外，江世輝等三個人對望著，然後轉向病患，不！這時，應該說是亡者。

高化年不斷的動著身軀，似乎一刻也待不住，然後他說：「啊！抱歉，我想如廁。」說著，他推開門走出去。

雖然外面急診處很多人，可是這間隔離室卻異常安寧，燈光好像也太慘白了些，江世輝和田敏川眼睛直愣愣的看著亡者，心中說不出是什麼感覺。

這裡好冷，江世輝輕咳著，聲音顫抖著說：「我們……早一點孰悉大、大體，對對我們有、有幫助，你說，是不是？」

話一說出口，江世輝自己也嚇一跳。

田敏川轉望他，不知他到底怎了，喉嚨不停的咕嚕嚕響。他勉強待了一下，聲音有點變調：「也許……教授需要助手，我去幫忙。」

「咦！」江世輝來不及阻止，田敏川已迅速走了出去。

哇，這下好了！只剩下江世輝，單獨面對一具剛剛斷氣的大體，他咋嘴、深呼吸，輕輕轉望。

他的角度，看到亡者的側面，慘白的燈光下，他的臉沒有血色，像大理石般死白，嘴唇張的大大的，看久了會覺得他的嘴臉在動！

大而化之的江世輝，腦海中不斷、不斷的告訴自己：「不要怕！沒什好怕的。教授都說過了，解剖大體就跟解剖生物是一樣的，要尊重祂，要……」

「咯！」一個很輕的輕響，讓江世輝心口驀地一跳，他轉頭四下看看都沒人。

深呼吸一下，他拍拍自己腦袋，清醒了一點，這才想到：「啊！大家都走光了，我幹嘛像個傻子，還待在這幹嘛？」挪動著身軀，他想出去。

就在這時，門被敲了敲——很輕，輕微得會讓人誤以為聽錯了。

但因為室內太過於安靜，所以江世輝聽到了，同時他心裡一喜，也許是同學或其他醫護人員來了吧？

他走過去，打開門……嗯？

門外兩邊是走道，前、後都空無一人。而前方急診處，可是人聲沸沸揚揚，很熱鬧哩。如果這時候他走出去，就好了！偏偏他神經大條居然把門又給關上了。

他轉過身之際，猛然聽到陣陣尖銳的咕嘰聲，好像近在他耳際。

他忘神去挖、搔著耳際，就在這時室內燈光突然暗了些，然後他聽到了：

——喏！這不讓你等到了？

——唉唷！太好了！太感謝您了。

——那就快點啊！

——可……可是，我不知道該怎麼做。

江世輝目瞪口呆，在陰晦的室內東張西望。是誰在說話？聲音不高、不低，卻字字清晰無比。

——你媽的……

隨著一串飆罵聲，又響起「啪！」一聲響音。

——唉唷，不要打我，我已經夠笨了。

——你快點呀！我得走了，我還有其他事待辦。

——好啦！告訴我，我該怎麼做？

這裡面，就只有江世輝和那具大體，他驚訝的想，是大體在說話嗎？

不，也不對，說話的是兩個人的對話呀。

江世輝定睛，死盯住大體，然後他看到……大體頭部輕微動了，頂上的頭髮往上徐徐翹起，就好樣被人拉起似的。

同時，他看到了頭髮末梢，有一隻透明大手，拉住……不是拉住頭髮，是拉住大體的頭皮，整個掀開來。

——快啦！從這裡，這裡鑽進去。

——這……這樣行嗎？

——不行就算了。時辰一過，你永遠沒機會了。

——我……唉唷。

——快點啦，老子沒有多餘時間了。

大體旁邊冒起一股淡淡的青煙，然後現出兩道影子。

影子只有上半身的線條，胸腹以下是一縷細小青色煙霧，拉住大體頭皮的，長得

濃眉大眼，兇悍而猙獰恐怖。

另一個大約是中年左右，頸脖處開了個大洞，幾乎要斷掉，臉上凹凸不平，斜眼歪嘴滿是傷痕，不斷滴下濃濃血水，血水滴到一半，化無而消失。

只見中年那個，浮上半空中，歪斜的頭顱，鑽進大體被掀開了的頭皮內。接著，了無生命跡象的大體，突然輕微的震動一下，再轉動著頸脖。

「啊！」江世輝忽然驚狂的低呼一聲，整個人駭異的往後倒退，撞到牆壁的剎那發出「碰！」聲音。

雖然這樣，江世輝雙眼依舊不由自主地看著大體。

這時，大體旁邊兇悍而猙獰的這隻鬼，轉過頭來，一雙大鬼眼，瞪住江世輝。

江世輝心口猛跳著，他感到自己快昏倒了。

——嘿呀！呵呵，我忘了這裡還有人。

說完，它忽然伸出鬼手，向江世輝凌空搖晃著，圈出一個大圓圈，強烈睡意往江世輝襲來，昏睡之前他突然想到了：喔！這兩個聲音，就是曾經出現在套房內的聲音。

之後，江世輝失憶了一段時間，記憶才慢慢回來。

田敏川、高化年繪影繪形的敘述，說那天的急診處，發生一件怪異至極的事件，已經被宣告亡故了的人居然又活過來，活過來後，他完全忘記自己生前的事，就連趕來的家屬也不認識。

個性大而化之的江世輝，並沒有說出在醫院內所見，不過他倒有個疑問：「人活著，不只是只有軀殼，還包括看不見的魂體嗎？」

但是，學校內的教學卻從未解說過有關的訊息，只一再強調：必須尊重亡者。

或許教授們也知道，只是崇尚科學印證的現代，眼見為憑，不語怪力亂神？

反正這個不重要，個性有些傻愣的江世輝，不願多花無謂的腦筋，他把之前的際遇，整個拋開。

很快的，第一次大體解剖課到了！

進入解剖教室前，要先換過衣服，江世輝早早到了更衣室，換衣服時有些響音傳來，因此直覺反應是，已經有同學比他更早到教室了。

這是江世輝第一次到解剖教室，迅速換好衣服，他迫不及待的推開門走進去。

呃！啊！裡面怎麼暗幽幽的？

他有點訝異，都要上課了，教室不該這麼暗哪！

暗幽教室裡，依稀可以看到正中擺了一張床，但這會兒床上是空的。

何世輝轉頭想找燈開關，詎料他發現在前面，右手邊有一張床，床上突起個人形狀，覆蓋著一張白布！

因為是第一次來，他並不太清楚狀況，但白布覆蓋著的八成就是大體！

教室裡開著冷氣，既陰暗又涼嗖嗖，江世輝呆立著不知該怎麼辦。

站在門邊，過了好一會兒他才徐徐伸手，摸索著牆邊，企圖找燈光開關。

突然，覆蓋住白布的人形，直挺挺坐了起來！

江世輝這一驚非同小可！他目瞪口呆，緊盯住白布覆蓋住的人形！

剎那間，江世輝的心思風起雲湧，百般設想：「白布會往下溜吧？如果溜下來，會是個怎樣的大體？男？女？恐怖型？猙獰型？唉唷，怎麼都沒人來教室？我該怎麼做？」

白布溜下來，是正常的情形，但，白布竟然依舊覆蓋住人形。

暗濛中，江世輝依稀可以看到，人頭部位的白布，有輕微的晃動。

一定是看錯了，大體不可能會有呼吸呀！難道是大體復活了？跟兩年前的事件一樣？

江世輝猛吞一大口口水，居然忘記找電燈開關，他悄然移向前一步、兩步、三步

……耶！看到了，白布真的在晃動，一起、一伏，很像是人的呼吸！

江世輝停腳，冷汗悄悄往下滴，正自緊張時，他聽到……

「你、進、來、時、沒、有、敲、門。」

他猛然想起，學長顏倍宜說過：進教室之前，要先敲三聲門。

啊！現在再出去敲門，來得及嗎？怎麼辦？怎麼辦？江世輝思緒紊亂了。

這時，白布在晃動——它要下床來。

江世輝心臟快停止跳動了，急切間，轉眼看到牆邊一根鋁棒，他動作相當快速，上前一把撈起鋁棒，舉高，揮向白布……

「嘿，住手！是我！」白布突然被扯掉，原來是高化年！

其他躲在角落的幾位同學陸續出現，氣憤極了的江世輝免不了一陣謾罵、抱怨。不過，大家都知道他這個人是好好先生，加上高化年誠心誠意的道歉，事後還請他吃一餐算是道歉，他氣憤過後也就算了。

上次被高化年作弄後，江世輝有個概念，就是亡者不會嚇人、不會害人，只有人會嚇人，所以他膽子頓時壯了許多。

解剖課程無法一次就上完，會連續上幾堂課，才會告個段落。如果幸運的話，教

授就會讓學生親自上陣操刀。

這一天，解剖課，教授沒來，他把學生分成兩組，讓他們一組親自操刀，解剖大體；另一組則在旁觀察。

江世輝和高化年、田敏川還有及他三位，六個人一組，大家穿著隔離衣、戴著特製口罩、手套，拿著手術刀，全副武裝聚集在大體周遭。

江世輝站在大體頭部右側，忽然，大體臉上抽動了一下！

江世輝眨巴著眼，凝神望著……一會兒，大體臉頰連續抽動了好幾次！

江世輝轉眼看著眾同學，但大家都各自注意著自己負責的部位，好像沒有人注意到……看到大體臉頰持續抽動著，江世輝竟然無法下刀，只愣愣的輪番看著其他同學。

「怎、怎會這樣？」他喃喃念著。

「江世輝！你怎麼了？」站他旁邊的同學停手，看著江世輝問。

「我……我看到……算了！沒事。」

同學繼續忙他自己的，江世輝深吸口氣，抬手，準備下刀。

突然，大體臉頰劇烈的抽動不已……。

這時，江世輝無法保持冷靜了，他低聲悶叫整個人往後連退數步，抹著額頭冷汗。

「江世輝，怎麼了？」剛剛那位同學怪異的看著江世輝：「人不舒服嗎？」

「你、你沒看到嗎？」江世輝手術刀，指著大體臉部。

「什麼？」

站在大體胸腹部的兩位同學，一齊轉望江世輝，又投眼看著大體。

張著大大的嘴，江世輝搞不懂了，為何只有他一個人看到大體在動？他們都沒看到？

但他也不敢貿然說出口，只怔愣的看著大體，等它臉頰再次抽動，目的就是：眼見為憑，好證明不是他憑空亂說。

但是等了好一會兒，大體都沒再動，一位同學不耐煩的說：「耶，拜託不要浪費時間，解剖完還要做報告。」說著，同學自顧低頭繼續忙他的。

江世輝猛吞著口水，尷尬極了。他搔搔頭，讓自己平靜一下，再走近大體時，他下定決心不管怎樣都要下刀了！

就在他手術刀正要接觸臉顏之際，大體臉頰又劇烈抽動不已。

因隔著口罩，江世輝聲音提高八分貝，揚聲喊著：「快！快看祂，祂再動！有沒有！」

耶！這會兒，站在大體胸腹部的兩位同學，一齊投眼望過來！

果然，他兩人都看到了！

「怎、怎會這樣？啊？為什麼？」江世輝一連串道：「難道，這具大體沒、沒、沒死？」也許是過度驚詫，江世輝忘記了，學長顏倍宜曾說過：在教室裡面，不能提到：死亡、去世、大體……等一些敏感字眼；還有，在教室裡面不能大聲喧嘩……

「哈哈哈……」站在江世輝對面的同學，突如其來的笑了，還笑的很大聲！

江世輝整張臉，縮皺一圈，投眼看他。

只見這位同學，用手術刀指著站在大體旁的田敏川，說道：「是他在搞鬼啦！」

原來，田敏川負責的部位其中有一條神經連貫到臉孔，他每拉一次神經，神經傳導到大體臉頰，帶動臉頰神經的反應。

江世輝又受到同學的愚弄了！

獨自坐在書桌前，江世輝想起被田敏川戲弄，書看不下去心裡非常懊惱。

打開電腦，他玩起遊戲來了。這是他的課餘消遣，很久沒玩了。

忽然門鈴響了，很意外，因為搬來這裡後，幾乎沒有人會來按他門鈴。

開門時，他看一眼壁鐘，已經十一點多了。

打開門一看，是一位陌生人。

「請問，江世輝住這裡嗎？」

江世輝攏起兩道濃眉，上下打量這個人。

他尖嘴猴腮，因而顯得雙眼突兀的大，兩頰凹陷，瘦得好像幾天沒吃飯了，

「我就是江世輝，你哪位？」

「呵！你不認識我，我聽過你的名字。」他詭異的笑笑：「我叫阿祿，有重要事情拜託你。」

「什麼事？」

「啊！不請我進去坐坐？」

是很不想，這麼晚，又是個陌生人……但看他好像沒有惡意。

他又接口：「我很渴，跟你要杯水喝，可以嗎？」

江世輝不得不讓他進來，倒杯水給他，他一咕嚕喝光了，放下杯子開心地說：

「哇！太好喝。我很久沒喝過這麼好喝的水。」

江世輝不置可否，等他下文。磨蹭了好一會，阿祿由口袋裡掏出一只褐色薄皮夾，笑著：「這個啦！想拜託你，拿給我家人。」

江世輝好笑極了：「你不會自己拿嗎？我又不認識你家人。」

「唉，可以的話……麻煩你，拜託！拜託！」說著，阿祿合掌做出拜託的樣子。

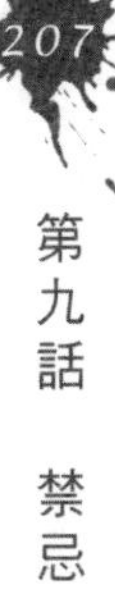

「我怕沒空喔！我是學生，白天要……」

「我知道，你是優秀的醫學系學生，最近忙課業，忙做報告，我說的對不對？」

被這樣稱讚，江世輝有點飄飄然。

「我還知道，你很用功，成績非常優秀，人緣更好，對同學有求必應，連老師都很稱讚你哪。」

江世輝不知道自己什麼時候，變得這麼厲害，開口正想客套的推辭，阿祿又接口：

「我從一位老師口中知道的。」

唉呦，這下更陶醉了，江世輝忘記問他是哪位老師。

「那就這樣，拜託你。務必要在後天，把這個送給我家人手中。」

這一來，江世輝反倒不好拒絕了。但他想到，正要問他家人住哪裡？阿祿伸手指著褐色薄皮夾，接著說：「嗯！地址在裡面。你看了就知道。」

說完，阿祿起身，千拜託萬拜託一番，然後自顧走到房門，打開門，忽地一陣寒風吹來，江世輝情不自禁打了個冷顫……就這瞬間，阿祿身影消失在門外。

江世輝走到門口張望，嚇！完全沒看到阿祿身影。

滿心狐疑，關上門轉回來、江世輝一眼看到那只褐色薄皮夾破爛又老舊，只差沒有解體，但看起來差不多也快掛了。

他摸摸皮夾，還潮濕的呢，打開來，裡面哪來地址?只有一張暗綠色卡，上面兩個印刷體大字：『潘祿』。底下是一排號碼：762AEQ33082514。

反正，阿祿說過後天前送達就可以了。

這時，壁鐘響出十二點整。江世輝把卡片裝回皮夾內，隨便一丟就上床睡了。

只是這一夜，他睡得很不安穩，一直夢到阿祿身影，好像感到很冷……。

直到第二天下午，江世輝才猛然想起昨晚的事情。可是他覺得很不真實，像夢又像幻境，不過皮夾是證物哩!然後，他想起阿祿說過，是從一位老師口中知道一些事。那，到底是哪位老師教授?

晚上他跟高化年、田敏川相約吃飯，討論報告內容，眼看時間快到了，便抓起褐色薄皮夾，想順便問問他們。

三個人相約在學生餐廳，一面用餐、一面討論報告內容。

正自討論間，學長顏倍宜跟幾位同學也來用餐，江世輝跟他打個招呼，雙方就各吃各的。

討論完，用餐畢，江世輝忽然想起，便拿出褐色薄皮夾放到桌上。

高化年問：「這是什麼？你撿到的？」

「好臭！」田敏川掩住鼻子，滿臉嫌惡：「喂！即使裡面有大鈔，這麼臭，你還敢撿？」

「不要亂講。是一位叫阿祿的，拜託我……」江世輝說出昨晚的事，順便問他們到底是哪位教授老師認識這個叫潘祿的人？

「哈！你問我，我問誰？」田敏川笑道。

「啊，他沒有說地址嗎？太離譜了。」

江世輝點頭：「奇怪的是，他居然會找到我，還知道我很多事。」

「是嘛？很詭異耶。」高化年說。

這時，鄰桌的顏倍宜，忽地探頭問是什麼臭味，像腐臭很久了的屍體臭味怎麼飄到他們那裡，問的同時看到桌上薄皮夾，顏倍宜臉色一凜，起身走近，指著皮夾問怎麼有這個東西？

江世輝重複又說一次……顏倍宜跟他同學都現出驚恐表情。

最後，顏倍宜告訴江世揮，這是某家醫院的往生者牌號，是醫院送給學校教學用的大體，他認得！

聞言，江世輝等三人臉都綠了，江世輝支吾道：「它……那個阿祿說，明天以前，務必要送去給它家人，學長，我該送去哪？」

顏倍宜搖頭，表示不知道，但他又說：「我猜，它要你把給送到解剖教室。因為，解剖的大體都存放在裡面。」

「明、明天？它說明天之前，一定要送……」

顏倍宜算了一下，轉望其他幾位同學，大家臉色凝重，不約而同的頷首，顏倍宜又轉望江世輝：「記得嗎？我跟你說過：在特定的日子，最好不要去解剖教室。」

江世輝機械式的點頭。

「明天就是特定的日子。」

江世輝臉都變色了，無助的看著大夥，希望誰能給個好意見，偏偏眾人都不語。

不知過了多久，顏倍宜一行人準備走了，他忽轉向江世輝，低聲道：「我猜，你一定是沖犯了禁忌，在解剖室裡是不是有提到你的名字？」

「啊！這個……」江世輝回想，頓然臉如土灰色，好像有被同學叫過他的名字。

還有，他聯想到之前顏倍宜說過的禁忌他都犯了，雖然他不是有意的，可是還是已經犯了禁忌啊！

結果，他不敢再犯禁忌——在特定的日子，最好不要去解剖教室。

縱使根本不曉得什麼是特定的日子，他沒敢問，也不敢去解剖教室！

連著幾天，江世輝都安分的在套房裡不敢隨便出門。

然後，有一天晚上，才九點多他就上床準備睡覺。

這時，門鈴響了。

這幾天都平安渡過，讓他幾乎忘了這件事，迷糊中他起身去開門，開到一半見到一隻毛聳聳的手，欲伸進來……

手臂除了手毛特旺盛之外，江世輝看到手臂慘白如木棍，皮膚剝落、肉被削開、青筋外露，上面佈滿坑坑疤疤，看起來慘不忍睹。

江世輝睡蟲頓被嚇醒，他急忙關上門。但外面的臂膀，竟然使力跟他展開拉鋸戰，他把整個身軀靠緊門，硬把門給關上，上鎖。

手臂居然斷了，下半截掉入屋內，江世輝渾身打著冷顫，這時外面響起敲門聲，阿祿喊著，一聲比一聲高：「你沒有遵守約定，你沒有遵守約定，你沒有遵守約定……」

江世輝簡直快癱了，這時，腳趾頭有被拉的感覺，他低頭一看，嚇！是那截斷手，爬過來趴在他的腳，嚇得他又踢、又甩，好不容易把斷手給甩掉，然後轉身奔到床上，用棉被裹緊自己，顫慄不已。

不知過了多久，身體上的乏累，加上精神上的恐懼讓他乏得睡著了。

之後，在上解剖課的時候，他都戰戰兢兢不敢輕易觸犯禁忌。

至於那個褐色薄皮夾，趁上課時，江世輝找個空檔把它交給教授。事情過後，他就沒再遇到什麼怪事。其他同學，是否曾遇到過不可思議事件？

應該說多多少少啦，只是有的沒說出來；有的膽子大，不當作一回事看待而已！

10

鬼的約定

本段事件是一位資深媒體人所提供。

林文勳一早到學校，才到校門口就有人叫住他。回過頭，是班上同學，黃建智。

黃建智忽然靠近林文勳，放低聲音：「我有一個獨家大消息，想聽嗎？」

林文勳莫名其妙地看一眼黃建智，腳下步伐依舊不變。

「我也是昨天才聽到這個訊息。」說著，黃建智跟著他，繼續往前走。

穿過兩棟教室大樓，來到往第三棟教室前的花圃走道。

黃建智好像就在等這時機似的再度開口，聲音依然壓的低低：「看看周遭，同學很少吧？」

林文勳左右看看，好像是這樣。剛剛的第一、第二棟教室，都還可以看到三三兩兩的同學，但在往第三棟的路上，同學忽然變少了。

「這可是有個原因喔！」

林文勳驀地停住腳步，攏皺著眉頭：「嘿！講話不要這樣吞吞吐吐，ＯＫ？」

「怎了，害怕？」

「怕你個頭啦！有話快說，有屁快放。不然，閃邊去，不想聽啦。」

「唉唷唷，你真是不識好人心。我只想提醒你，小心點。」黃建智眨眼，繼而雙眼往上吊：「我知道你向來都很早到校。」

「然後呢？」

「想聽？」

「不說，拉倒。」

「看來挺有興趣的樣子。既然如此，我就勉為其難的說了。」

看林文勳專注看著自己，黃建智露出得意臉色，聲音壓得更低，問：「聽過鬼的約定嗎？」

林文勳搖頭望著黃建智。

「記不記得，開學時，訓導主任一再交代，早上七點以前還有下午六點以後，不能待在『正勤樓』。」

林文勳微一頷首，臉上很不以為然的表情，接口說：「是有這樣交代過，可是，好像沒有你說的這麼慎重。」

「對！剛開始我也是這麼想。」黃建智豎起食指，在林文勳面前轉呀轉的。

林文勳雙手一攤：「對啊！看我，每天幾乎六點多到校，咱們教室不也是在『正勤樓』！」頓頓，林文勳接著說：「有一天下課了，我還待到六點十分才離開教室。」

黃建智瞪大雙眼，聲音壓的更低：「結果呢？看到、遇到過什麼嗎？」

林文勳搖頭：「鬼影子也不見半個。」

「噓——」

黃建智突然伸長手，欲掩住林文勳的嘴，林文勳退一步，硬是躲掉，還露出嫌棄表情。緊接著，黃建智轉頭，朝遠遠的『正勤樓』尾端看一眼，又回過頭來。

「拜託，別疑神疑鬼。OK？」

黃建智虛張著嘴，吐口氣。

林文勳移動腳步，就要往前走，黃建智拉住他：「喂！我話還沒說完。」

「有話快說，我沒那麼多閒功夫。今天要數學小考，我都還沒準備。」

「不愧是好學生。服了你！」

看黃建智那副樣子，根本就是在浪費時間，林文勳不發一語，邁開步伐，繼續走過花圃通道。

完全沒料到林文勳會走這麼快，黃建智愣了愣，無意識地抬眼，往『正勤樓』掃瞄著……

低著頭疾步而行的林文勳，身後忽傳來一聲淒厲高喊聲：「啊——哇——」

緊接著，冷不防，被人由後面攔腰抱住。

他真的嚇一大跳，儘管知道黃建智同學就在他身後不遠處，但絕沒料到他會發出這麼難聽的大喊聲、還這樣抱住自己。

林文勳眉頭皺的深深地，回過頭，正想開口大罵，忽然看到黃建智縮皺的一張臉，臉色慘白。

「你幹嘛！」

黃建智微低著身軀，伸出顫抖的食指，指向『正勤樓』三樓的尾端教室。

教室前都會有騎樓，騎樓邊的欄杆上，這時出現一顆人頭，正往下俯瞰著。

林文勳也愣住了，他和黃建智，四隻眼，緊盯看著三樓的人臉。

就這樣，雙方大約僵持了有十多秒左右……然後，林文勳推開黃建智的雙手，轉頭跟他說：「你神經呀！我這麼早來，難保沒有其他班級的同學比我更早到校，也許是校工；也許是其他行政教職員。」

「可、可是……」縮回雙手，黃建智依舊滿臉慘白，收回雙眼，看著林文勳，身軀微微顫慄著，說：「他很可怕、可怕。」

林文勳笑了：「看吧，你繼續說吧，說什麼鬼的約定。滿腦袋都是鬼鬼鬼，想嚇唬誰呀？」

「你沒看到他的長相嗎？超可怕的耶。」

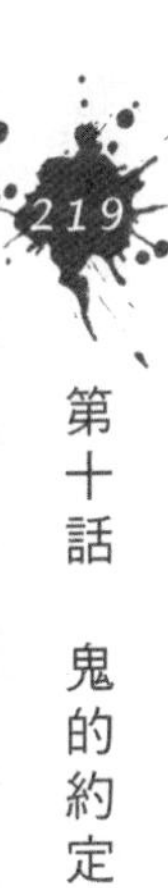

說著說著，黃建智和林文勳再次投眼望向三樓，嗯？不見了。

「亂講，我看到的是一張呆瓜臉。」林文勳故意說。其實，他看到的是一張陌生的臉，應該有三、四十歲左右。

「不不不，我看到的，是一張沒有五官的黑色臉龐。」

「不可能！」

兩人爭持不下，林文勳認為黃建智向來調皮、愛搗蛋，才故意胡說，但黃建智卻滿臉驚恐、慘白。

「這樣吧，乾脆我們快點上樓去，證實一下，我保證一定是別班同學。」

黃建智臉色更難看了，他渾身冒著冷汗，頻搖頭拒絕。

這時，有同學陸陸續續進來欲往『正勤樓』，有幾個是他們班上的，正好奇他兩人在談些什麼。

林文勳伸手指著對面三樓，正要開口回答，黃建智拉回他的手，語氣低沉的接話：

「我們在談……今天不是要數學小考，不知道老師會出什麼題目。」

話題一面繞著考試，大夥一面往前繼續走。

第二節下課，林文勳看到黃建智無精打采的坐在自個座位，便坐到他旁邊椅子上：

「怎了？數學考壞了？」

好一會兒，黃建智慢慢抬起眼，眼神渙散地搖頭。林文勳又問了一次，說：「別這樣，只是個小考，影響不會太大啦。」

黃建智再次搖頭，嘴角下垂，林文勳不免好奇，向來活潑、調皮的他，怎跟平常不一樣？

「早上，我、我不該說那個……」黃建智囁嚅的低聲說。

林文勳聽不出清楚，問道：「那個什麼？」

「鬼的約定。」

林文勳失笑道：「喂！你別太認真了，那不過是隨便說說而已。」

「不！」黃建智用力搖頭，臉色鐵青地：「昨天說這件事的學長說過：聽聽就好，千萬不要傳出去，不然會發生不幸的事。」

「別放在心上啦。我都忘記這件事了。」

上課鈴響，林文勳回自己座位，這件事就這樣不了了之。

次日，黃建智請假沒來學校。其他同學沒在意，但是林文勳卻覺得很奇怪。

第二天，黃建智還是沒來上課。林文勳等下課時，撥手機給他，結果關機。

第三天，黃建智還是沒有到校。

接近中午時，學校發生一件大事，全校都為之沸騰！

有一位學生從『正勤樓』三樓的尾端男廁往下跳，他頭部著地，血漬漫了滿地。

校方接到同學報告連忙通知一一九，救護車緊急把他送去醫院。

整個下午，同學們無心上課，尤其是教室在『正勤樓』三樓的同學們，不斷的交頭接耳。

林文勳這班，第二節是導師的課，班導好像也提不勁上課，他臉容嚴肅的說：

「同學們都知道中午的事了吧？」

台下沒人答話，大家都鬱悶著臉。

班導接口，說：「那是X班陳姓同學。據調查，陳同學是單親家庭，昨晚他去同學家玩網路遊戲，半夜才回去。」

台下同學們，數十隻眼睛，全都認真地望著班導。班導繼續說：「今天早上，陳媽媽質問他有關昨晚的事。原來，陳同學騙陳媽媽說他要幫同學慶生，兩人因此起了爭執，陳媽媽可能罵了他一頓，結果中午才發生這起不幸事件。」

台下有人喘著大氣、有人搖頭、有人皺緊眉頭……

「老師要強調的，第一，網路遊戲只是消遣，千萬不要為了它耽誤課業。第二，不要向家長撒謊。可以跟家長坦白說為什麼去找同學，我認為家長都會諒解你們。」

班導說了一大堆，就不知道同學們到底聽進了多少。

林文勳緩緩轉頭，看了一眼黃建智空空的座位，思緒不禁拉長。

黃建智為什麼沒來上課？生病了嗎？今天這起事件，跟他前幾天說的：鬼的約定是否有關？還是湊巧？要不要去他家走一趟？

下課時，老師特別交代，今天不必打掃，要同學們早點回家。

同學們三三兩兩離開教室，跟著同學們，林文勳走下樓，大樓尾端被拉起一條黃色警戒帶，雖然經過清洗，但地上依稀留有一團粉紅血漬，讓人看來怵目驚心。

林文勳往前走幾步，踏上花圃走道時忽然停住腳步，他轉身望向三樓的尾端。這時四點多左右，秋際的晚風不冷，卻帶著七分淒涼，更加深了恐怖的氣息。林文勳不禁又揚起思緒：陳同學是自己跳下去？還是被人推下去？難道，真的有這個傳聞：鬼的約定？

前幾天，我看到的那個人到底是誰？不像是學生啊！

想到這裡，林文勳驀地感到三樓欄杆，好像有一顆頭就要浮冒上來，他忍不住打了個寒顫，急急轉回頭向前走。

他決定去黃建智家看他要不要緊，順便問清楚有關——鬼的約定。

事實上，有許多不可解釋的事件，並不是身為國中生的林文動能夠理解，不然，他不會這麼衝動地想去找黃建智。

暑假終於過完了，又是個新學期開始。剛升上三年級，劉明賢的鄰座竟然是葉大松。之前，劉明賢就聽說過隔壁班有一位葉大松，沒想到三年級會跟他同班。

葉大松不多話，下了課，常常獨自一個人不是枯坐在座位上，就是倚在廊柱發呆，而且向來都是獨來獨往。

總之，劉明賢注意到葉大松果然有問題。

這堂課是自習，劉明賢發現葉大松沒進教室，他不禁好奇的尋找著，發現他倚在走廊廊柱邊。

劉明賢走出教室站在葉大松旁邊，跟著他的視綫，也轉望向左邊……

好一會兒，葉大松完全沒注意到身旁有人，還是劉明賢耐不住出聲道：「嘿！上課鈴響了哩。」

葉大松動也不動，沒回話。

「你到底在看什麼？那裡有什麼東西吸引你嗎？」

葉大松還是沒有反應，劉明賢把頭探向欄杆外，努力地望過去，除了筆直的欄杆之外，還是欄杆。

縮回頭，劉明賢很無趣，丟下一句：「班長點名，我會跟他說『你這節曠課』。」說完，他轉身就要進教室。

「你沒看到嗎？」葉大松突然出聲，聲音低沉、瘖啞。

「什、什麼？」劉明賢回身，倚著欄杆。

「那裡……」葉大松伸出手，指著欄杆尾端那邊。

劉明賢把頭探出欄杆外，努力地、用力地看，看了老半天還是沒看到什麼東東，他笑了笑：「難道你可以看到不該看到的東西？」

「亂講！明明那裡就有人，什麼叫做不該看到？」

劉明賢雙手一攤，口氣揶揄：「那裡明明是空的，大家都進教室去了，哪有人？」

「他……」

突然，兩個人背部同時被人用力一拍人都大吃一驚，同時回頭，劉明賢憤然出聲：

「幹嘛！」

話說一半，猛見到後面的人是教官，他硬生生把話縮回喉嚨。

「上課了，你們還不趕快進教室？」

兩個人唯唯喏喏的進教室後，教官也探頭看一眼欄杆外的尾端；又縮回，盯住走廊看了好一會，偏著頭搖搖，離開了。

同學們稱：自習課就是自由課，愛幹嘛就幹嘛，當然也可以閒話家常了。

手中拿著課本，劉明賢發現葉大松滿面無神的呆坐著。

「喂，你剛才話說一半。」

葉大松徐徐轉頭看著劉明賢，慢慢開口：「聽說過『正勤樓』的傳說嗎？」

劉明賢不置可否，眨巴著眼，眼神含著得意。

「我高一時就聽說過了。想不到升高三，教室會在『正勤樓』的三樓。」

「那又怎樣？」

「我在找它呀！」

劉明賢皺起雙眉，覺得他的話，很莫名其妙，反問道：

「啊？找、找誰？」

葉大松的嘴角紋抽蓄了一下——很突然地靠近劉明賢，口氣悠忽：「找鬼！」

劉明賢先是一愣，繼而噴笑：「找到了嗎？」

葉大松不語，帶著邪氣眼神，忽然轉向教室門口。

劉明賢覺得他很無聊，不想繼續再談，只丟一句話給葉大松：「找到的話，不要忘記告訴我一聲喔！」

葉大松很快轉回頭，看著劉明賢的同時露出奇怪的一笑。

學期過了一半，『正勤樓』又發生跳樓事件。

是學生葉大松。據校方調查，葉大松患有憂鬱症，經常服藥。原因是他父親是身障人士，從小他就受到同學的奚落，還有同學故意學他父親走路的樣子取笑他。因此，他個性特別孤僻，鮮少跟他人互動。

校方也感到奇怪，有關『正勤樓』的傳說，已經沉寂了兩年，為何無端又發生事故？因為教官曾看到葉大松和劉明賢在走廊談過話，所以特別叫劉明賢去問話。

「他跟你談些什麼？」

劉明賢起先支吾其詞，經過教官一再追問，才說出葉大松說過的話。

不久，校方找了個假日請廟祝辦了一場法事，地點就在『正勤樓』前面花圃。

一天下午，第三節下課時，劉明賢尿急便跑到尾端男廁。

平常日子，同學都會結伴上男廁，下午一過，有些同學寧可往反方向的另一邊上廁所。因此，這會兒劉明賢是單獨一個人。還不到五點，廁所裡卻顯得相當陰暗。當

劉明賢上到一半，忽然聽到低沉的聲音。聽在他耳裡很像在呼喚他的名字，但聲音太模糊。他回過頭，看一眼後面。他面前是小便斗；後面是一間間有門的廁所。這時，聲音又傳出來，比較清晰了：

「劉……明……賢……」

劉明賢微愣，聽出來聲音是從第三間傳出來的，他馬上接口：「誰呀！別裝神弄鬼的，想嚇唬人？」

這時，他已尿完，拉上拉鍊，整妥服裝，轉回身。

「我、我啦……」

「你是誰？快給我出來！」

這會兒聲音沒了，沉寂的男廁，因為光線照不到，顯得更陰晦。

劉明賢微蹙著眉心，正考慮著是否回教室時，聲音再次響起：「你不認得我了？」

啊！最後那個「我」，聲音異常清晰，劉明賢聽出來了：「葉大松？」

「呵……呵呵……」

奇怪的是，這時候葉明賢完全忘記了之前的跳樓事件，或許說，他神志被迷住了。

「高興……有人記得我。」

「幹什麼啦？出來啊！你幹嘛躲在裡面啊？」

「我、我、我……嗚、嗚嗚……」

「馬的，一個大男生哭屁呀！太丟臉了！」

「我很孤單……你跟我作伴……好嗎？」

「好啊！那你快點給我出來。」說到這裡，廁所內又沉寂了，原本陰鬱的男廁內，頓然宛若天黑般，暗沉沉地一片。

等了好一會兒沒動靜，劉明賢按耐不住，一步跨上前伸手拉著廁所門把欲打開。但怎麼撞弄廁所的門，就是無法打開。劉明賢抬起腳想踹門，這時的他腦袋已經近似放空了。

忽然，背後颳來一陣陰冷至極的寒風，他忍不住打了個寒顫，回過頭。

「呵……我在這哪。」

真的是葉大松，他臉色青黑雙眼暴睜突著。沒看到他開口，劉明賢卻可以接收到他的意念。

第四節上課鈴響，沒一會兒老師走進教室，同學們紛紛坐正在自己位置上。

老師拿起課本翻開，輕咳一聲：「打開第四十二頁。」

再抬眼，老師看著同學們窸窸窣窣的翻開課本，這節比較輕鬆，是公民課。

「有誰沒進教室？」老師忽然叫道。

大家紛紛轉頭尋找，接著有人大聲回答：「老師，是劉明賢。」

「他有請假嗎？還是早退？」

同學們搖頭，沒人注意吧。可是，他書包和桌上課本都沒收，就連外套也掛在椅子背後。

老師推推眼鏡，望住同學們，問：「誰知道他去哪了？是不是不舒服？」

同學們還是沒反應，就在這時有人舉手，說：「老師，下課時我看到他往廁所去了。」

「哪邊廁所？」老師問。

同學平舉著手，向前一比——是尾端的男廁。

老師表情一整，接口道：「班長，找幾個同學去看看。」

班長起身，卻沒有同學自願跟著去，他只好獨自走出教室。

沒一會兒，班長突然揚聲大叫：「老師、老師！不好了！」

人隨話聲，班長臉色鐵青，衝進教室內。

所有的人，全轉向他，只見他伸長手，指往大樓尾端，結巴著說：

「他、他、要跳、跳、跳樓！」

老師立刻衝出教室，同學們紛紛跟著跑出去，眾人往尾端男廁跑。奔近了，赫然看到劉明賢攀上走廊的欄杆，一條腿已跨上去，正準備抬起另一條腿，就要往樓下跳。

「不要呀！劉明賢！」同學們狂聲大呼小叫。這時，劉明賢雙腿已跨上了欄杆，整個人就掛在欄杆上，驚險的搖晃著。

同學的喊叫聲，加上大夥奔近的腳步雜沓聲，讓劉明顯整個人突然醒了過來。他發覺自己現在的處境，驚出一身冷汗，但卻呆的動彈不得。

跑在最前面的班長一把抱住劉明賢，當他想把他拉回時，頓感到有一股力量，跟他相抗衡著要把劉明賢往外推。

不一會兒，同學們和老師都跑過來，很快就把劉明賢拉回來。

事後根據劉明賢的說詞，他遇到葉大松。葉大松慫恿他去陪伴他，但他並不知道自己做了些什麼事。

次日，劉明賢請假，家人帶他去廟裡拜拜，祈求一個隨身攜帶的護身符。到了晚上，劉明賢一位遠房親戚，叫做劉平﹙化名﹚來到劉家慰問。

劉平是一名資深記者，聽聞劉明賢的事件，他意外發現劉明賢的學校之前也發生

過學生跳樓事件，他還曾去採訪過，也上過報紙，沒想到這次會是他的親戚。

聽完劉明賢的詳細敘述，劉平蹙緊眉心，說道：「我記得，你班上的這個學生，我曾去採訪過，校方說他有憂鬱症。」

劉明賢用力點頭，這是校方公布的消息。「那，你知道這位學生，跳樓之後呢？結果怎樣了？」

劉明賢搖頭，說：「班導領著幾位幹部去他家慰問，我沒去，不知道他怎樣了。」

「你可以把他的地址給我嗎？」

劉明賢眼露畏懼神色，這起事件，讓他相當害怕，不過在劉平極力勸說下，他點頭答應。

沒費多大工夫，劉平很快就找到了葉大松的家。在門口，劉平猶豫了好一會。之前，他從劉明賢口中知悉了一些事。

劉明賢發生事件後，據傳，有幾位同學在不同時間，不同地點——像是『正勤樓』花圃、三樓走廊、以及對面教室，分別看到『正勤樓』尾端有人影出現。經過查證，大家看到的很像就是葉大松。

校方極力掩蓋這件事，還告誡同學們不准亂傳謠言。

劉平正猶豫時，一位中年女士匆忙越過他就要打開門。劉平連忙上前，揚聲道：

「請問是葉太太嗎？」

女士點頭，狐疑盯住劉平。經過自我介紹，劉平被帶入葉家客廳。

偷偷打量客廳，劉平意外發現，沒看到葉大松的牌位。

「我剛從醫院回來。」葉太太眼眶紅了，絮絮說說出……

原來，葉大松跳樓那天，被緊急送進醫院後就沒再出院，因為他全身癱瘓！

葉爸、媽為了照顧他，醫院、家裡兩頭跑，疲於奔命。

主治醫師說，葉大松身上的脊椎骨幾乎有三分之二受到粉碎性骨折，導致神經受損嚴重很難復原，除非發生奇蹟。也因為受重創，他大部分都處於昏迷狀態，只有偶而會醒過來。

接下來的日子裡，劉平很努力持續的去探望葉家，最後終於讓他打聽出許多祕辛。

首先第一件，就是校方密而不宣辦法會這件事，被他挖出來。

接著，他由葉太太口中探出葉大松發生事故原因，還發現了幾件祕密。

劉平把得到的訊息整理出來，得到以下的結論：

原來，高年級學長們私底下都在傳言，這所學校有一則關於「鬼的約定」的事情。

而葉大松無意間，聽到了這個傳言：

早上七點以前、下午六點以後，你找個地方仰視『正勤樓』三樓會看到鬼，你跟它約定，它會讓你心想事成，包括學業、女朋友、家事等等。

這個約定，讓許多學生心動。葉大松找上它，跟它約定讓葉爸的腳正常起來。鬼答應他，但條件是它要他以生命交換。

葉大松雖然沒死，可是他完全無法自主，甚至受到鬼的擺佈，讓他引誘其他同學，劉明賢是第一個受害者。

有多位學生，據說也看到了葉大松，也許他受到它的指示，意圖引誘這些學生。

查訪到此，劉平還不滿意，他認為沒把這件事追根究底查出來，或許還有人會受害。

於是，他透過關係找到前幾屆畢業生，查出曾有兩位學生——黃建智、林文勳，沒有原因急速轉校，結果挖出更驚人的事件……

找到黃建智家，黃媽媽原本拒絕訪問。但經不起劉平一再請託，最後黃媽媽應允，只能撥出半天時間。

在黃家，劉平看到黃建智。他人看起來還好，只是很容易疑神疑鬼，對自己沒信心。幾年前的事情他記憶猶新，彷彿歷歷在目：

那一天，調皮的黃建智本想嚇嚇林文勳，想不到話才說一半就在『正勤樓』花圃走道上抬眼看到一張沒有五官的黑色臉龐，他嚇的快尿褲子了。

沒料到，一轉眼樓上那人不見了，他跟林文勳爭持所見不同時，耳際被人吹一口氣，他眼尾看到身旁站了個人，烏黑臉上沒有五官，四肢和身軀殘破、腐敗還發出惡臭。

當時，他發現林文勳好像沒看到它，他不敢說出來，怕它會對自己不利。

它跟著黃建智一路走進教室，這其間它的臉逐漸變得清楚，原來它臉上烏黑的是血，血褪掉現出頭部，整張臉呈四分五裂。

一整天，它都在黃建智旁，跟他說話：

——我知道，你想跟我約定。

黃建智驚嚇的無法說話，腦中只想道：不！沒有。

它竟然知曉黃建智的想法，又說：

——你，女朋友想跟你分手，她找到比你更好的男朋友。

黃建智倒吸著冷氣，不敢再亂想，雙眼更不敢亂看。午飯後，他到操場是想避開它，卻赫然發現自己影子的不見了！

他左偏、右找，蹲下、跳上、前移、後退，無論他怎麼動，就是無法看到自己的影子！

正在這時，一股冷颼颼的寒氣襲來，它在他身旁出現了，說：

——我可以馬上，讓你女朋友回來。條件是，把你的影子賣給我。

「不！不要！」黃建智渾身打著寒顫。

——你不會損失什麼，我保證！

「走開！我沒要跟你約定什麼！」大吼著，黃建智奔回教室。

回家後，他跟家人談起這事，黃媽媽信佛、學佛，知道此事的嚴重性，當晚馬上帶他去寺廟求平安，黃建智還請了幾天假。

第四天下課後，林文勳來黃家，說出『正勤樓』發生一起墜樓死亡事件。當然，黃建智也對林文勳詳述起有關「鬼的約定」傳說。

黃媽媽和黃爸爸都認為，一定是黃建智沒到學校，『鬼』找不到他，所以另找了陳同學當替死鬼。

林文勳聽了，不禁心裡發毛，回家後跟家人商量後也決定轉校。

劉平還挖出一條老新聞，原來，以前學校興建時，一名工人由『正勤樓』三樓墜樓，因頭部先著地，整個頭部摔得四分五裂，還過了三天才被人發現。

據說，校方當時就請人辦過一場法事，後來就屢屢發生靈異事件。

或許工人死靈不甘心吧！現在，有可能它還在原處繼續飄盪呢！

見鬼之校園鬼話・2

（讀品讀者回函卡）

■ 謝謝您購買這本書，請詳細填寫本卡各欄後寄回，我們每月將抽選一百名回函讀者寄出精美禮物，並享有生日當月購書優惠！
想知道更多更即時的消息，請搜尋"永續圖書粉絲團"

■ 您也可以使用傳真或是掃描圖檔寄回公司信箱，謝謝。
傳真電話：（02）8647-3660　　信箱：yungjiuh@ms45.hinet.net

◆ 姓名：＿＿＿＿＿＿＿＿　□男　□女　　□單身　□已婚

◆ 生日：＿＿＿＿＿＿＿＿　□非會員　　□已是會員

◆ **E-mail**：＿＿＿＿＿＿＿＿　電話：（　）＿＿＿＿

◆ 地址：＿＿＿＿＿＿＿＿＿＿＿＿＿＿＿＿

◆ 學歷：□高中以下　□專科或大學　□研究所以上　□其他＿＿＿＿

◆ 職業：□學生　□資訊　□製造　□行銷　□服務　□金融
□傳播　□公教　□軍警　□自由　□家管　□其他＿＿＿＿

◆ 閱讀嗜好：□兩性　□心理　□勵志　□傳記　□文學　□健康
□財經　□企管　□行銷　□休閒　□小說　□其他

◆ 您平均一年購書：□ 5本以下　□ 6～10本　□ 11～20本
□21～30本以下　□ 30本以上

◆ 購買此書的金額：＿＿＿＿＿＿＿＿

◆ 購自：□連鎖書店　□一般書局　□量販店　□超商　□書展
□郵購　□網路訂購　□其他

◆ 您購買此書的原因：□書名　□作者　□內容　□封面
□版面設計　□其他

◆ 建議改進：□內容　□封面　□版面設計　□其他＿＿＿＿

您的建議：

剪下後傳真、掃描或寄回至「22103新北市汐止區大同路三段194號9樓之1讀品文化收」

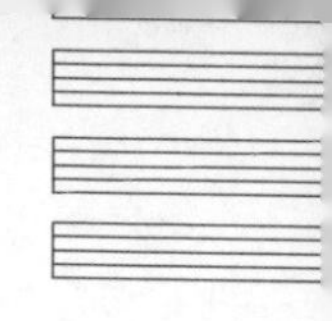

廣 告 回 信
基隆郵局登記證
基隆廣字第 55 號

2 2 1-0 3

新北市汐止區大同路三段 194 號 9 樓之 1

讀品文化事業有限公司 收

電話/(02)8647-3663　　傳真/(02)8647-3660

劃撥帳號/18669219　　永續圖書有限公司

請沿此虛線對折免貼郵票或以傳真、掃描方式寄回本公司，謝謝！

讀好書品嚐人生的美味

見鬼之校園鬼話・2